Hermann Bärthel

Bärthel
Allerbest

Quickborn-Verlag

Die in diesem Buch enthaltenen Geschichten
wurden aus 20 Büchern des Autors zusammengestellt.

Die plattdeutsche Schreibweise
ist unverändert vom Autor übernommen worden.

ISBN 3-87651-225-5

Umschlaggestaltung: Wolfgang Nagl, Hamburg
Gesamtherstellung: Clausen & Bosse GmbH, Leck
Der Umwelt zuliebe
auf chlorfrei gebleichtem Papier gedruckt
Printed in Germany

Inhalt

Dat weer nämlich so ...

– Wo find ich denn die Sache mit dem Eggturner?
– Sahnsiemah – das mitte Kinder in'n Auto, wo war das noch in?
– Ist der Rumpott eigentlich schon irgendwo abgedruckt?
– Nu seggt Se mol – wo sünd denn nu de besten Geschichten binnen?
– Die Church-Card – war die nun in diesem Buch oder in dem da?

Leesobend ...
De Tohörers hebbt sick höögt över miene Stories un nu wüllt se de Vertelln tohuus nochmol nahlesen.
Man wat'n Schiet – de een Geschicht is in dütt Book, de annere in dat, un de drütte gifft dat gor nich mehr, denn dat Book is vergrepen.
Wat nu?
Naja, wi weet jo all, wat so'n armen Dichtersmann för 'n empfindsome Seel hett, un as ick de truurigen Ogen vun Erna, Anni un Willem nich mehr utholln kunn un Ida dat Eten so un so noch nich op'n Disch harr, dor heff ick denn stantepeh de »Favoriten« ut miene Böker rutsöcht un de bescheden *»Bärthels Allerbest«* nöömt.
So bün ick eben.
Un wenn ick nu jüst Dien *»Allerbest«* vergeten heff, denn roop mi doch eenfach mol an – ick warr Di al wat vertelln!

Hermann Bärthel

De Ehrenrunn

Mann, bün ick froh, datt ick dat mit düssen wichtigen Bidrag to uns Kulturleven noch henkregen heff! Denn achteran is mi de een oder annere seker vun Harten dankbor, datt ick op dütt Problem henwiest heff!
All de beduurnswerten Lüüd, de op so'n stilvullen Obend een op Schappohklack un Klunkerbossen maken mööt – oha!
Ick meen, de Mampforgie – dat geiht jo noch, kriggt jo nich jedeneen furts mit, wenn Herr Doktor Dödeldanz sick 'n Pund Sauce Bernaise op't Schemisett klackert oder sien Madam de Lachs statts twüschen de Dschäkketkronen in dat Decollete glitscht – kannst op'n Lokus allens fein wedder looswarrn, ohn datt dat een markt, un tegen den strengen Ruuch haust di 'n Tass Ohdekolontsch ünnern Knorpel.
Man denn!
Denn kümmt de Ogenblick, wo de Kapell 'n Tusch speelt, een vun de Pinguine stulzeert op dat wiede Parkett an't Mikro un brüllt mit Schampusglucksen in den Blechappel, datt se nu to den festlichen Höhepunkt vun den Obend »schreiten« wüllt – nu schall dat Danzen losgahn! Un he gifft sick de Ehr – un twüschendörch 'n Tempodaschendook, denn he hett in de Raasch 'n beten sabbert – will he sick nu also de Ehr geven un Generaldirektor Ballerkopp un sien verehrlichte Gattin, de will he nu beden, de Ehrenrunn ...
Tuscheln, Wüspern, Aah! Ooh! – Generaldirektor Ballerkopp feddert dynamisch in de Höögte, sien Dischnaver ritt em noch gau de Serviett af, de in sienen Büxenbund klemmt, de Gnädigste kaut hektisch op de Schiev Roastbeef, de tämlich taag weer, denn sluukt se den Lappen in een Stück daal, denn de Saal is middewiel opstahn un gluupt ehr an. Ehr Ge-

neraldirektorsgattinbaffi lücht in »holde Röte«, wat vun den halven Meter Roastbeef opmol kümmt un nich vun ehre Schaamhaftigkeit, Ballerkopp hett sien Büx hochtrocken, de Smokingjack toknöppt, nochmol hektisch an sien swatte Fleeg reten, ut sienen rechten Arm 'n Krooghenkel makt, sien Olsch hett ehre dreeunhalv Karat dorin hangen un nu stebelt se also los, op dat Parkett to.
De Weg is jo woll 'n Kilometer lang, de will un will nich ennen. De Madam is so, as schull se driest 'n beten huldvull wenken, man mit den rechten Flünken hangt se in Ballerkopp sienen Henkel un mit de linke Hand mutt se ehrn langen Fummel hogholln, denn tweemol is se dor al roppett. He faat sick egolweg an sien Dressmanfleeg, de em al heel slapp vör de Gurgel bummelt, ritt nervös an siene Hemdarms, knöppt sien High-and-mighty-Sacco wedder un wedder to – wat gor nich so licht is, wenn de Jack nich open is – denn ennelk staht se in vulle Pracht op den Danzböön, de Musik makt Wumm-ta-ta-öber-de-Welln, un Ballerkoopp tellt: Eins-zwei-drei, eins-zwei-drei, einzweidrei- he hett dat Geföhl, he schall in 'n Paternoster jumpen, de to fix vörbisuust. Sien Olsch gnurrt »Los doch!«, un he pett rasant rin in den Walzer, in verkehrten Ogenblick, in falschen Takt, un linksrüm, wat he noch nie nich makt hett. All klatscht se un freit sick, datt se nich dor rümstulpert.
Un du dor – grien blots nich so! Mit Schangs hebbt se di neegstmol bi 'n Wickel – treck man al mol dien Büx hoog!

Expeditschoon

Segg mol – is dat nich gediegen, datt de Lüüd hüüt in de Urlaubstiet gor nich wied noog wegfohren köönt? Ünner twintig Stünnen Jumbo-Susen is dat nicks. Also wat mi angeiht – ick kann mi besinnen, datt de Spoß an Ferien gor nich jümmers mit Wied-weg-fohren to doon hett, tominnst bi mi nich ...
To'n Bispill domols, ick weer dor woll so föffteihn Johr old, dor wullen mien Fründ un ick an'n eersten Dag vun de Schoolferien 'n kolossale Wannerung maken, mit veel Aventüür un Gefohren, in frömde Länner, weern wi also so'ne Art Vörlöpers vun düssen Bäckermeister ut Hamborg, de jümmers an 'n Blauen Nil innegang is oder bi't Waterpedden: Dat schull wied weg gahn, noch wieder as Ossentoll, sogor wieder as Ulzburg, gräsig fröh, mit de eerste U-Bohn.
Twee Liter Saft un twintig Pannkoken harr ick al den Obend vörher in mienen Brootbüdel proppt, un as morgens halbig veer de Wecker bimmel, leeg de wiede Welt vör mi, un mien Fründ stunn denn ok al an 'n Bohnhoff. He harr meist nich slapen, un sien Buddel Saft weer al tähmlich op 'n Rest. In de Ünnergrundbohn hebbt wie veerteihn Pannkoken mampft bit Kellinghusenstraat, denn is 'n Kirl instegen, de weer afsluut besopen un hett ok twee Stück miteten. He weer se aber kott vör Langenhorn all wedder loos un as he utsteeg, dee he sien Buddel Kööm vergeten; de weer noch halv vull. Wiel datt mien Fründ meist keen Saft mehr harr, hett he dor denn mit opfüllt.
Kott nah fiev weern wi in Ossentoll. De Expeditschoon wurr nu riskant, denn nu güng dat tofoot wieder. To düsse Tiet weer dat dor buten jo noch de reine Wallachei, un dat duur nich lang, dor stebeln wi ok al dorch den deepsten Wald. Kalli

harr gottloov sien'n Kumpass mit dorbi, un so bruken wi uns nich nah de Steerns to richten; dat weer woll ok 'n beten laat worrn. Öberhaupt harr mien Fründ nu ok siene egen Steerns, denn he harr von dat Wannern gräsigen Dost kregen un harr al düchtig een to Bost nahmen. Vun wiedher kunnen wi de Kark hören – Klock söben. Ick heff denn 'n Füür makt, un Kalli is op Jagd gahn. Sien Buddel hett he bi uns Raststeed laten un is mit sien 'n Glimmer as Tarzan dörch de Büsch toovt. Veel weer jo nich mehr in de Buddel, man slapen heff ick bit meddags – dor hett mi 'n Vagel, wat woll tominnst 'n Adler oder noch wat Grötters weer, op 'n Kopp scheten. Halv in 'n Droom heff ick dat öber mien Visaasch smeert, un denn keem 'n Waldarbeiter vörbi. He keek mi an as seeg he 'n Monster, un in düssen Ogenblick keem Kalli ut'n Busch. He mutt ok Trabbl mit de Pannkoken hatt hebben, op jeden Fall harr he 'n oorntliche Portschoon dorvun op sien 'n blauen Pullover un dee heel dösig grienen.
De Waldarbeiter is bannig fix op sien Fohrrad jumpt, un wi sünd nah Oosten wannert; Kalli meen, dor leeg Ossentoll. Ünnerwegens hebbt wi noch söben gröne Äppel plückt, twee dorvunn versöcht to eten, Kalli is in 'n lütten Bach fullen, as wi 'n Staudamm buun wullen, wi hebbt 'n olle Mütz funnen, twee Pandbuddels, 'n Damenünnerbüx – wat Kalli sien Mudder em nie nich vergeten hett, un he dröff denn ok nich wedder mit mi wannern – un 'n Kamm, wo dat vun keem, datt ick twee Weken later Lüüs op 'n Kopp harr.
Segg mol sülvst – wat is dor so 'n neemoodschen Abenteuerurlaub gegen, wat?

Hörmis Kasperbood

Fröher, as ick noch ’n lütten Jung weer, dor stunn op ’n Speelbodenplatz jümmers ’n Kasperbood, un elkeenmol, wenn mien Mudder un ick dor vörbikemen, denn weer dat för mi ’n groot Pläseer, dor totokieken, un mien Mudder hett mi vertellt, datt ick jümmers an ’t Jubeln weer: Nu haut der Kapter den Leder! Mit »Kapter« meen ick woll den Kasper, un dat »Leder« weer woll de Sticken, mit den Kasper dat gräsige Krokodil vermöbel. Na, op jeden Fall kunn ick dor gor nich wedder wegfinnen, de Kasperbood weer dat Gröttste för mi.

Hüüt hebbt de Kinner dat jo nich mehr so goot, Kaspertheoter gifft dat nich mehr so veel, un dat, wat se sick in Televischn ankieken köönt, ist jo denn nich laif. Man dree lütte Kinner harrn nülich dat eenmolige Beleevnis, Kaspertheoter afsoluut laif to sehn, un denn ok noch dor, woneem se dor gor nich mit rekent harrn. Ick ok nich.

Dat weer nämlich so: Vör Wiehnachten föhr ick obends vun ’n Wiehnachtsfier, ’neem ick beten wat vertellt harr, in mien ’n Wagen nahuus. Op mien ’n Weg quer dörch Hamborg weern veele Ampeln, un as ick bi een Ampel anholln müss, stunn vör mi ’n Auto, un achtern in dat Auto seten dree Kinner, de woll tähmlich Langwiel harrn. Se keken nah achtern ut ’t Finster, to mi röber. Een vun de Deerns steek mi de Tung rut. Dat funnen de annern twee grootartig un deen dat ok. To düsse fründliche Inladung kunn ick nich »nee« seggen un heff ok mien Tung rutsteken. Kunnst richtig marken, wat de sick amüseern deen. Denn harrn wi grönes Licht, un an de neegste Ampel keem ick wedder achter jem to stahn. De tweete Akt füng an. De lütte Jung kunn wunnerbor sien Muul scheevtrecken, man Fratzen snieden kann ick ok. Se wullen sick utschüdden vör Lachen, sünnerlich as ick mien Düvelsfratz möök. Grönes Licht – wieder. Op den neegsten Ampelstop dee ick mi nu al freien, denn Ida harr den Dag vörher ehrn rasanten Hoot in 'n Wagen liggenlaten, so een mit 'n Fedder an. De Wirkung weer kolossal. De dree Gören weern meist an 't Utflippen, so 'n automobilen Räuber Hotzenplotz harrn se wiss noch nich sehn. Sowat vun dankbores Publikum hest du jo nich alle Daag, un een Ampel wieder – de vör mi harrn woll den sülvigen Weg as ick – een Ampel wieder dee ick mi ok noch mien'n Schal vör 't Muul tüdeln. De Dree weern nu ut Rand un Band. Se klatschen in de Hannen, un ick kunn düütlich marken, datt mien Kasperbood 'n echten Renner weer. Wenn ick sowat mitkrigg, denn fangt dat Theoterbloot in mi an to brodeln. Blangenbi, op den Sitz, leeg 'n lütt Präsent vun de Wiehnachtsfier, mit Dannenstrünken un Lametta an. In de neegste Ampelszene hüng ick mi dat Lametta üm de Ohren. Kannst di nich vörstellen, wat in dat Auto vör mi loos weer. De Fohrer mutt glöövt hebben, datt siene Kinner op 'n Drogentrip weern un achter em 'n kumplett Verrückten an 't Stüür. He geev Gas, un Hörmi Hotzenplotz mit vull Spiehd achter em ran. Bi Root harr mien Kasperdrama sien'n Höhepunkt. Ick dee mi den lütten Daschenschirm snappen, de bi uns in 'n Wagen liggt, un fuchtel dor wild mit in de Gegend rüm.

Mien Publikum weer in Ekstase un ick woll ok, denn anners harr ick mitkregen, datt dat düttmol keen Ampelroot weer, nee, dat weer 'ne Verkehrskuntrolle. De vör mi dröff wiederfohren un ick müss anholln. De Udl mutt sick böös verfehrt hebben, as he mi seeg; he bölk Iuud, un siene Kollegen kemen all anlopen mit 'n Ballermann in de Hand.

'n halv Stunn heff ick brukt, jem allens to verkloren, un Kaspertheoter speel ick nich wedder.

Karriereknick

Üm een Hoor weer ick jo domols in düssen Ratzeburger Achter west, ünner den berühmten Trainer Adam, wenn – jo, wenn dat nich düssen Trabbl an 'n Isebekkanol geven harr ...
Dor güng ick nämlich noch to School, an dat reputeerliche Gymnasium Kaiser-Friedrich-Ufer, un al to düsse Tiet geev dat bi uns twee halve Achter. Uns Sportlehrer weer jüst so'n baschen Kirl as de Adam, un as ick in sien'n Roderkurs keem, hett he wiss furts markt, wat ick för 'n Rodertalent weer, denn he wull mi lever opheven för de würklich sworen Opgaven, de op uns Roderteam tokemen. Un ick heff denn eerstmol 'n half Johr lang blots an de Boote rümpusselt, bit ick eendags den grootartigen Infall harr, mit mien Taschenmess Namen in de Bootswannen to snieden; mien Mess weer tämlich scharp, un bi den i-Punkt vun »Hanni« bün ick glatt dörch de Planken dörch. Man miene Mackers harrn jo all ehrn »Freischwimmer«, blots de Lehrer nich; de hett vör Opregung so op den Steg rümhampelt, datt he mit een vun de Breder in't Water full, wat aber nich deep weer. Na, op jeden Fall – ick schull nu mitrodern, an Land weer ick för em 'n to groten Risikofaktor.
Maandagnahmeddag weer mien eerstes Trainingsrodern. Ick harr mien Fründin Bescheed seggt, üm datt se den historischen Ogenblick nich verpassen dee, un se hett ok noch ehre twee lütten Süsters un de ehre Fründinnen mitbrocht! As ick op den Steg leep, hebbt se vun de Brüch frenetisch »Hörmi! Hörmi!« bölkt, un uns Lehrer kreeg 'n egenartig brutalen Blick in de Ogen. As ick in't Boot jump, is blots de Stüürmann rutfullen, man as ick denn mit Rodern loosleeg, is bi mien unbännige Pauer in de Been furts de Sliddersitz ut de

Verankerung reten, un mit mien wilde Paddelee heff ick den Trainer vun 'n Steg feegt.
Also wenn de Pauker domols 'n lütt beten mehr Ahnung vun'n Rudersport harr, denn … denn … un mien Fründin hett ok seggt, so kraftvull hett noch keeneen 'n Boot ümkippt …

Bi 'n Putzbüdel

Theo hett he heeten, un sowat as em heff ick noch nich wedderfunnen. In de linke Eck de Bessen, in de rechte Eck dat olle Schapp mit all den witten Linnenkrom dor binnen. Twee Stöhl, een dorvun in Dutt. Links vör di de gröne Buddel, rechts de geele. Dat Gröne weer to 'n Waschen, dat Geele für dornah, un fein hett dat rükt, meist 'n beten to fein. Mark twintig köst dat, un wenn du di in den Stöhl setten harrst, denn keek he di an un see: »Na? –« Un wenn du denn ok »Na? –« seest, denn flatter de witte Ümhang op di dal, un he füng an: De Scher klapper mol fix, mol sutje, siene Hannen rüken nah Seep, de grote olle Klock an de Wand dee ticken un de Meister see nicks. Nicks!!! Du kunnst in den groten Speegel kieken un vör di hen sinneeren un drömen un di wunnern, wo interessant du utsühst, wenn du di so vun de Siet ankieken deist un dorbi een Oog tokniepst ...
Goot föffig Johr ist dat nu al her un sowat as Theo gifft dat hüüt nich mehr. Wenn du hüüt to 'n Putzbüdel wullt, denn kummst ut 't Wunnern nich mehr rut. Wenn du vör so 'n neemodschen Laden steihst, warst dat vun buten toeerst gor nich gewohr, datt dor binnen 'n Hoorsnieder op di luert! Süht ut as 'n Nightclub oder 'n Kunstgalerie. Steiht nicks an, vunwegen »Friseur« un so, hüüt heet dat »Special Salon Jean-Jaques«, »For men only«, »Hair-Stylist« oder »Ben's Barber Boutique«.
Wenn du di 'n Ruck giffst un mol bi Jean-Jaques rinkiekst, denn kannst't hebben, datt ut den Jean miteens 'n fixen Hamburger Dschonni ward, de mit di snackt as de Fischhöker vun 'n Wochenmarkt.
As ick to 'n eersten Mol in so 'n neemodschen Glatzenpalast

güng, weer ick blots neeschierig, un ick dach bi mi: Mehr as afsnieden köönt se di de Hoor jo nich …
Ick keem also rin, möök de Döör achter mi to un harr furts dat Geföhl, op 'n Festivität to sien, to de ick nich inladen bün. Nüms vun de fiev Wittkittels dreih sick nah mi üm, se weern an 't Snacken un Hanteeren mit fiev Mannslüüd, de op fiev grotmächtige Sessels sitten deen. Speegel an Speegel, an de Wannen Urkunnen, de een grötter und vörnehmer as de annere, dorto Musik in Stereo, fein liesen, un dorbi rüük dat ok noch bannig goot nah Koffee, wat ick al mol gor nich begriepen kunn. Jüst wull ick mi wedder umdreihen un verdrücken, dor danz ut de een Eck 'n lütte smucke Deern op mi to, klapper mit ehre Filmogen un see mit 'n ganz deepe Stimm: »Guten Tag, Sie waren noch nicht bei uns, nicht wahr? Nehmen Sie bitte einen Augenblick Platz bei einer Tasse Kaffee – Christoph wird sich Ihrer annehmen«.
Un ehr datt ick mi besinnen kunn, güng ick al sitten, harr 'n Tass Koffee vör mi und füng an, de Urkunnen an de Wannen to tellen. As ick bi dreeunveertig weer, keem Christoph vun achtern ut so 'n lütt Kabuff.
He bleev een Schritt vör mi stahn, krüüz de Arm öbernanner, dreih sien Kopp trüch, plier mit de Ogen un see. »Sie haben Probleme …?«
Miteens kreeg ick dat mit de Angst, dat weer mi denn doch to wunnerlich. Man Christoph wink mi al in dat Kabuff. Bi 't Hensetten wull ick noch wat seggen, vun »Scheitel links« un so, man dor keem ick nich mehr to. Christoph greep in mien Hoor as 'n Buer in de Eer, wenn he weeten will, wat se goot oder slecht is. He keek mi wedder an mit sien Rasputin-Blick, pust veel Luft ut sien Nees un see trurig, dor kunn blots noch 'n »Spezialbehandlung« hölpen, mit »Packung«, »Dauerwelle« un so wieder.
Bit dorhin harr ick em jo noch tohört, man as he denn vun fievunsösstig Mark anfüng, un wat ick nu 'n heel annern Kopp

kriegen schull – he wull driest 'n »aparten Typ« ut mi maken – dor platz mi de Krogen, un ick see gnadderig:- »Allens wat ick will, is Waschen, Hoorsnieden, Scheitel links! Köönt Se dat oder köönt Se dat nich?«
He glupsch mi an, reet Muul un Ogen op un denn see he sinnig: »Mann in de Tünn – worüm hebbt Se dat nich glieks seggt? Scheitel links, seggt Se? Schall mi woll verlangen, heff ick al lang nich makt! Un ick heet Krischan – wenn Se wedderkamt, denn frogt Se nah mi.«
Hüüt hett Krischan sien eegen Laden. Buten steiht an:

»C. C. – COIFFEUR CHRISTOPH«

He freit sick, wenn ick kumm, wi snackt platt, un öber mien »Scheitel links« kann he sick wedder un wedder amüseern.
Eernst ward he erst, wenn ick vun de Prisen anfang un wat vun een Mark un twintig segg.
Denn snackt he hoogdüütsch.

Delikote Probleme

Jo klor, ick weet – egentlich is dat jo keen Thema för 'ne eernsthaftige Story, als mol gor nich för 'ne plattdüütsche! Man liekers ... wenn een so miteens op so'n Problem – wat för mi doch nie nich 'n Problem west is! Un nu so op'n Stutz ... naja – glöövst du, dat is 'n Vergnögen, wenn du nah 'n poor Stunnen Lopen jümmers ... wehdoon hett dat, aarig wehdoon!

Düsse Schietünnerbüxen!

Kiek mol – ick bün jo nu keen Tanga-Typ, nich, also nich so'n drahtigen Boddiehbilder mit 'n Zippelbüdel vörn un achtern blots 'n Gördel! So lang as ick mi besinnen kann, heff ick jümmers de sülvigen kotten Modelle – also nich to kott – mit Ypsilon- oder U- oder X-»Eingriff« ... nee, Momang – weer dat X –? Dat geiht doch öberhaupt nich ... na, is egol, also Herrenslip, toeerst Grött fiev, denn söss, denn söben ... enerwegens hebbt woll de Firmen wat an Material sport, kriggst jo hüüt meist nicks mehr för dien Geld, jo, un bi't Lopen sünd mi de Büxen jümmers boben an de Been so hoogrutscht – magst meist keen Schritt mehr maken!

Süh, un dor heff ick mi dacht, ick kiek mol, wat dat nich noch wat anners gifft – neenee, also keene langen Feinrippfutterale, mehr so 'ne Art Shorts oder so ...

Eegentlich weer mi de Verköpersch beten wat to jung för miene delikoten Frogen, man as ick nah bequemere ... äh ... Herrenunter ...

Du – de hett mi stantepeh to 'n Stellaasch föhrt, an de Büxen hüngen, de – also in sowat bün ick tolest mit dree Johren rümlopen, tegen de seht Pampers echt rasant ut!

Un denn noch mit Striepen, in Farv! Man wunnerbor softig!

Un düür! Un de Kirl op de Glittertüüt seeg ok wahnsinnig cool in de Gegend, mit so'n Slabberlappen an!
Naja – ick heff dat denn köfft, de Verköpersch hett nich grient un nicks, blots kasseert, un nu kann ick wedder lopen as 'n jungen Gott!
Blots Ida nich. De liggt jümmers noch op'n Kanapee un jucht.

Speel för Erwachsene

Ick meen, dor denkst du doch gor nich an, nich, datt sowat op di tokümmt, bi 'n eenfach Tass Koffee mit Baiser! Un denn noch in Hamburg-Bahmbeek!
Harr ick doch annerlest 'n Ogenblick Tiet un 'n Smachter op 'n Tass Koffee mit 'n söten Baiser dorto un güng denn in so 'n lütt Cafe rin, in de Fuhlsbüttler Straat. Sett mi ganz achtern hen, kreeg mien Koffee un dat Leckerwark, foll mien Zeitung utnanner un wull jüst anfangen, mi to delekteern, dor kümmt 'n Fruu rin mit ehrn Macker, beid jo woll so üm de sösstig rüm. Se sett sick an 'n Nebendisch, geevt ehr Bestellung op, ick sett mien Tass an 't Muul un dor miteens se: Un kannz sagen, wassu wisst – ich hab da gestanden! 'n geschlagene Stunde!!
He denn: Hest du nich! Bün dor rümlopen as 'n Beknackten – vun di weer nicks to sehn!
Se pust bannig vör sick hen, de Serviermadam bruk nu keene Krümel mehr vun 'n Disch to wedeln: Kannzich auf 'n Kopf stellen – ich hab da gestanden!
– Hest du nich!
– Happich doch!
– Hest du nich!
– Un happich doch!
– Nee!
– Doch!
Se kregen nu ehrn Koffee, un ick dach, nu ward se jo woll wedder to sick kamen, un se gööt sick ok eerst fein maneerlich ehrn Koffee in, man as se denn wütig ehr Gobel in de Käästort ramm, knurr se: Wenn du Tomaten auffe Augen hast, da kann ick doch nicks für denn …

– Ick Tomaten, wat? Dat mag ick lieden! Blots wiel datt du egolweg blots in de Schaufenster kiekst un di een Lappen nah 'n annern köffst, statts di so hentostelln, datt 'n di ok sehn kann …
– Pöh! Un du? Wo kucks du nach? Wa? Na? Nache Mädchen! Na bitte – dein Kopenhagener kannz kaum noch kauen, aber glupschen, das kannz – kriss richtige Triefaugen bei …
He kunn in 'n Ogenblick nich antern, de Koken weer woll würklich nicks för siene drütten Tähn, man denn keem he in Fohrt: He suutsch giftig an sien Gebiß un gnurr: Nah junge Deerns kann 'n jo wenigstens noch henkieken – an di kann 'n jo nich mol mehr vörbikieken … jojo, hau man düchtig rin!
Se legg de Gobel dal, wisch sick den spitzen Mund mit de Serviett af, keek ein fründlich an un see: Weißu einklich noch, wassu sachs? Erst kannz mich nich sehn, denn wieder kannz nich an mich vorbeikucken – neenee, du wirs alt, das issas!
Op so 'ne dramatischen Konflikte stah ick egentlich nich, sünnerlich wo se nu al beid half in de Hocke stunnen un ehre Tassen noch tähmlich vull weern. Is jo ok so, datt du gor nich weeßt, wat di passeert, wenn du di dortwüschenflenzt, wenn se sick mit de Kokengobels massakreert – kriggst womöglich sülvst noch 'n Smiss bi af, un de Lüüd hollt di denn laterto för'n Akademiker … nee, de Gefohr weer mi to groot: Ick schuuv mi fix den Baiser achter de Kusen, gurgel mit Koffee nah un weer al op de Flucht nah de Kass, as mi infull, datt ick mien Zeitung vergeten harr. Ick also liesen wedder trüch, vörsichtig den Kopp üm de Eck – dor lacht sick de beiden doch an, as harrn se sick nie nich in de Wull hatt! Se tatscht em de Backen, he eit ehre Hannen un seggt stolt: Veer Minuten un twintig Sekunnen – echten Rekord! So 'n Bangbüx hebbt wi noch nie hatt!

Kross un smackig

De Engländer un Schotten hebbt dor jo nich so grote Probleme mit, de sünd dor vun lütt op an an wennt. Wenn du dor morgens bi't Fröhstück sittst, un de Toast kümmt op'n Disch, denn hollt wi dat för Holtreste ut'n Kamin. Un wenn du in düsse swatten Holtkohlen rinbietst, is dat blots goot tegen Dünnschiss, denn Kohle stoppt jo. Man smecken deit dat op keenen Fall.
Dütthalven liggt mi dor ok so veel an, datt ick mi tominnst tohuus morgens an smackigen Toast delekteern kann – nich to witt un nich to bruun. Man licht is dat nich, bi de Toasters, de du hüüt köpen kannst. Fröher harrn wi so'n Ooroldmonstrum; dor kunnst nicks mehr an instellen, un de Toastschieven müsst du ok sülvst rutgrabbeln. Man de weern egolweg so as se sien schullen: buten kross un binnen noch saftig. Blots – nah twintig Johren weer mit de elektrische Sekerheit nich mehr allens rodscher, un jeden Morgen Ida mit dat starre Tweehunnerttwintig-Volt-Grienen in de Ogen – dat stört doch bi't Fröhstück!
Wi hebbt denn 'n niegen köfft, mit Auswurfautomatik. Ick segg di – de hett de Toastschieven ruthaut as 'n Vulkan. Een Schiev is mol bit in't Bad flagen – un dor geiht dat üm de Eck hen! Denn harrn wi een mit Sensorelektronik. Ick glööv, dat weer woll 'n Speziolanfertigung för Männerschutzgruppen, so vörsichtig as de toasten dee. Bi den stärksten »Bräunungsgrad« weern de Schieven noch witt as 'n Kinnermors. Un bi de lüttste Instellung jumpen de Schieven al rut, ehr datt du jem rindrückt harrst! Mit den düürsten Apparot kunnst du Kastanien rösten, Baiser backen un wiss ok telefoneern. Blots nich toasten. Keemen nich mol wedder rut, de Schieven!

Man nu heff ick dat in de Reeg brocht – bi'n Sperrmüll!
As ick nämlich annerlest uns lesten Haiteck-Glimmer entsorgen wull, stunn dor an de Siet so'n ollen Oschi, stumm un trurig; süh, un den heff ick eenfach mitnahmen, fein saubergniedelt, un uns Toast is nu – hmm!
Blots Ida nich.
De driggt nu jümmers Gummihandschen.

E-Kunst

Naja, wenn een nu so ’n Banausen is as ick, denn hett he dor jo nich veel mit to doon, man op der anner Siet, wenn du dor denn mitmol mit ümgahn schallst, denn kummst doch böös in de Bredullje! Annerlest to ’n Bispill weer ich op ’n Fier mit starken kulturellen Tatsch, also ok mit klassische Musik, un heff ick ennelk begrepen, worüm düsse Art Musik »E-Musik« heet – alleen de Dirigent: Sowat vun Würde – heff ick furts mien Jackett toknöppt. Un wenn ick nich so ’n flusigen Kirl weer, harr ick ok mitkregen, datt de eernsten Macker de Musik nich in een Stück speelen wullen, den sowat ward in »Sätzen« zelebreert, wiel datt de Komponist dor mol Allegro un denn wedder Andante un noch veel kumplizeertere Saken mit inbuut hett.

Op jeden Fall – de füngen also an, und de Lüüd hebbt ok heel eernsthaftig tohört, un as se so teihn Minuten mit dat Allegro innegang weern, dor hebbt se eerstmol Foffteihn makt. Dat harr der Lüüd woll good gefulln, un ’n poor von jem hebbt denn fidel klatscht. Un wiel datt ick jo ’n geselligen Typ bün, wull ick ok al mitklatschen, man denn hör ick allerwegens so wütige Psssts, un ’n poor vun de Lüüd, de woll mit de E-Musik al fein Bescheed wüssen, hebbt de Klatschers ankeken, as harrn se warmen Kööm slabbert.

Heff ick mi furts op instellt un ok heel minnachtig schüttköppt. Denn sowat geiht jo nu nich, wo de Musik doch noch gor nicht toenn weer!

Nah den tweeten Satz hebbt ok blots noch veer Lüüd klatscht un all de annern hebbt »Pssst« makt. Nah den drütten Satz weern se all bannig vörsichtig – kannst jo nich weten ... womöglich geev dat noch wat achteran ... gratis sotoseggen, un

hett denn wat duurt, bit se all seker weern, datt se nu mit ehrn ekstatischen Applaus an de Reeg weern –.
Ick heff mi seggen laten, in 'n Kunzertsaal, wo jo blots de Profis sitt – oder höögsten mol twee, dree, de de Korten schenkt kregen un nich in 't Programm schult hebbt – also dor duurt dat mennigmol 'n poor Minuten, ehr datt de Saal mit »Bravo!« un »Dakota!« oder wo dat heet an 't Rasen is! Neenee, is nich so licht, di dor trechtofinnen …
Oder bi de Moleree: Mol seggen, du stebelst in de City rüm – wullt di to 'n Bispill blots 'n plattdüütsches Book köpen, also hest mit Kunst gor nicks in 'n Sinn – denn regent dat opmol, du löppst enerwegens rin un – batz! – büst in 'ne Billerutstellung lannt!
Jo, un dor kannst du denn nich eenfach rümlopen un di de Biller ankieken un di högen, datt dat dor binnen nich pladdert – man jo nich!
De wat vun de Kunst versteiht, halt sick eerstmol so 'n Aart »Gebrauchsanweisung« an 'n Ingang, so'n Katalog. Man oppassen: De Dinger köönt düür sien! Wenn du Pech hest, denn hangt dor teihn Biller, un de Katalog is dicker as dien dicksten Konsalik!
Nu muttst du de Swaart eerstmol penibel studeern un di denn vör de Biller stellen. Mol 'n poor Meter weg, mol so dicht ran, datt du de Farv rüken kannst. Denn dat Bild mutt in di arbeiten, un so seht de Lüüd dor ok ut. Gifft sogor welk, de sett sick twüschendörch noch hen un arbeit denn in 'n Sitten wieder un sünd denn gräsig an 't Rangeln mit den Moler sien Botschaft. Is also 'n heel annern Snack as in 't Kööphuus, wo du dien 'n Hirsch in de Brunft köfft hest oder de liebliche Zigeunerin, de so verschamt achter ehrn Frangschenschal rutschuult. Un ok bi düsse »Betenden Hände«, de fröher mol veel düürer weern – steiht dor jedenfalls an: »Dürer« – brukst nich in de Knee to gahn; de köst hüüt blots noch tweeunveer-

tignegentig un Markföfftig kriggst du wedder, wenn du den Bong in dat Parkhuus wiest, wo du dien Auto afstellt hest.
Also dat 's allens keen Problem, blots mit de eernste Kunst ... bün ick bannig froh, datt ick dor nu 'n Kenner in bün ...

De Kenners

Ick bün jo man 'n eenfachen Slucksüper. Wenn ick Dost heff, drink ick Beer, wenn ick keenen Dost heff, Kööm.
Blots Wiehnachten, oder mol seggen, dor kummt Besök, un du weeßt, de is höllsch vörnehm, denn geiht dat Drama jo los: Denn mutt ick Wien köpen. Un dat is jümmers wedder 'n gräsigen Schock för mi, to sehn, datt ick jo woll de eenzige bün, de dor keen Ahnung vun hett –. De anner Lüüd hebbt so'n Vörsprung in düsse Wetenschaft, datt ick gor nich weet, wo ick anfangen schall.
Klor – witten un roden Wien, dat kann ick utnannerholln, un dor twüschen gifft dat ok noch Wien mit 'n rosa Klöör; aber de is woll nich so goot, is woll blots verpanschten Roodwien –. Un ok dat mit de Temperatur heff ick fix lehrt: Dröffst den Wien nich to de Köömbuddel in dat Gefrierfach packen; dat klötert denn achteran so in't Glas un is nich de feine Art denn – wenn 'n ok seggt, den Wien schallst bieten ... aber doch nich so grote Stücke! Överhaupt kann jo ok de Buddel platzen, un dat es denn Swienkrom un gefährlich vunwegen de Scherben.
Sworer ward dat al, wenn ick mi överlegg, welken Wien to wat för'n Eten – gifft jo enerwegens so'n Snack ... »Wenn dat Fleesch dunkel is, mutt de Wien hell sein ...« – oder weer dat annersrüm –? Un to Fisch afsluut keen roden Wien, glööv ick, dor passt denn blots wat vun de Mosel oder vun'n Rhein ... worüm dat woll nich so veel Elvwien gifft, muck ick weten ... is de Elv nich jüst so'n goden Fluß as de Rhein, wat? Hebbt de Winzers an de Elv woll pennt domols, as se de eersten Buddels affüllt hebbt –.
Kannst aber mol an sehn, wo swor dat is, Ansluss to finnen,

wenn du eerst mol achteranbummelst. So geiht mi dat, wenn ick tohören mutt, wo Wienkenners an't Snacken sünd – kunnst glöven, de sünd al besopen, ehr datt se 'n Druppen drunken hebbt! Seggt to'n Bispill, de un de Wien is »erdig«! Is doch woll 'n Schann, sowat, nicht? Harrn se de Druven nich vörher beten afwaschen kunnt, wat? Is doch unappetitlich, mit Eer in'n Wien!

Un denn – »Charakter«! Hett »Charakter«, de Wien, seggt se! Hehe, wenn de Winzer Charakter hett, dat kann ick jo noch verstahn, ok wenn he vun de Mosel is … man de Wien –?

Un dat geiht jümmers so wieder: »Fülle« – as wenn 'n fulle Buddel nich jümmers full is! Ach, un denn: »Trocken« – dat mußt di mol vörstellen … 'n dröges Natt! Nu kummst du! De spinnt doch! Un sünd eernst dor bi – nich datt dat 'n Jux is oder so, hett mit Pläseer nicks mit to doon!

Dat markst ok furts, wenn di ankiekst, wo de den Wien drinkt: Eerstmol geet se sick jo nich so'n starken Humpen in as ick, nee, blots eben halfvull oder nich mol dat, denn so haut se ehrn Nüschel rin in dat Glas un snuppert, hollt datt gegen Licht un kiekt woll, woveel Eer dor in swemmt, vunwegen de Erdigkeit, un denn, wenn du meenst, nu slabbert se aber op los, denn blots beten mit de Lippen rin – so as bi uns tohuus, wenn Ida wat Nieges kookt hett – un dat lütt beten Wien, also dor makt de 'n Weeswark üm, dat hollst nich ut! Den lütten Sluck, den jogt se in't Muul rüm, as harrn se 'n wilde Weeps dor binnen, un kaut denn dor op – lachhaftig is dat doch, kummt mi vör as Schattenboxen! – un wenn se den Druppen denn bit in de Nebenhöhlen ropspöölt hebbt, denn – weeßt wat – denn speet se em wedder ut! Un nich, datt jem dat nich smeckt hett, nee, seggt denn sogor, dat weer 'n »groten« Wien! So'n lütten Druppen un denn 'n groten Wien!

Nee, ick glööv, dor kumm ick nich mehr achter –. Aber mag jo sien, de Wienverstand kummt so mit de Johren, so as de griesen Hoor … denn eegenortig is dat jo – Lüüd, de in ehr Jugend heel normal west sünd, also – vun hüüt op morgen sünd de Wienkenners! Un grient mi blots minnachtig an, wenn ick de Boscholeebuddel mol düchtig schüddel – dat do ick mit den Appelsinensaft doch ok jümmers! Denn dat is doch nich fair: De een kriggt all den dünnen Plöör vun baben ut de Buddel, un de annere all dat Dicke vun ünnen …

Nee, »in vino veritas« – un dor schüllt se denn ok all wat vun afhebben – is't nich so –?

Pling?

Is bannig wichtig, wo ick nu vun snacken will, hebbt de mehrsten vun uns Dag för Dag mi to doon, un elkeen makt dat op sien Wies, un dor lett he partout nicks op kamen! Wat he dorto brukt, is 'n Klock, 'n Wecker, denn öber dat Opstahn, dat »De – Högte – kriegen«, dat »Ut – de – Puuch – finnen«, üm dat infamigte Argernis geiht dat nu.
De een, de makt dor nich veel Gewees üm, de is noch nich so to Foot mit siene Nerven, de hett so'n feine, olle, grote, gräsige Killerbimmel, wo di bi't Scheppern de Putz vun de Deek fallt. Wenn sien Infarkt-Wecker Klock fiev losrast, denn dreiht he sick langsom nah em üm, schüttköppt, datt dat al wedder so wiet is, un wenn de Klock denn utbimmelt hett, denn – sackt he wedder selig trüch in de Puuch un slöppt wieder, bit halvig söben, denn wakt he vun alleen op, dor is he op instellt, un dat klappt jümmers. De annern sösstig oder hunnert Lüüd in de Mietskasern brukt denn keen eegen Klock mehr. Klock fiev glövt se, de Füerwehr bimmelt dörch ehr Slaapkamer, un se sitt in ehre Betten mit opreeten Ogen un Puls dreehunnert. Den Trick mit Wedder-inslaapen un Vunalleen-opstahn kennt se nich, un so hebbt se denn all 'n fein langen Dag vör sick –.
Nee, beter is so'n neemodschen, lütten, fründlichen, sutjen Summi. Ganz, ganz liesen makt he morgens mol »Pling?«, un nah 'n Ogenblick nochmal höflich »Plingeling?«, jo, un denn rattert he noch lang nich los, hööbstens datt he di mol 'n lütt söte Waakop! – Hummel dörch 'n Droom schickt, blots so, to'n Vergnögen. Den Arger hest denn twee Stünnen later, wenn du wedder mol de Tied versuust hest.
De Clou aber is de Radiowecker. Mußt di blots erst an wen-

nen. Ick heff so'n Ding to Wiehnachten kregen. Den ersten Morgen see op mol een to mi: Haben Sie das schon einmal bedacht? Ick keem hoog in mien Bett un reep luud: Bitte? Wat is los?
Man he sabbel al wieder: Versuchen wir es doch einfach mal, gleich heute, nur zuhören, einfach zuhören!
Ick wüß gor nich, wat los weer – tohören? Wo denn? Un wokeen steiht denn dor in uns Slaapkamer un snackt mit mi? Mien Fruu keem ok hoog un glupsch mi an.
Hest du wat? fröög se. Wat is dat hier för'n Gesabbel? Ehr datt ick antern kunn, geev dat miteens 'n höllsches Spektokel, un 'n anner Macker bölk wat vun »Volare« un »Cantare«.
Mann, wat hebbt wi lacht! Kannst sogor wedder bi inslapen, wenn di fix Möh giffst. Un de Tied verslapen is richtig spannend, kiekst all twee Minuten nah de Klock un drömst vun Wasserstandsmeldungen.
'n Fründ vun mi, de hett sowatt allens nich nödig. Sien 'n Wecker hett he in 'n Kopp. Obends seggt he eenfach to sick: Halvig söben! Un denn kannst seker sien, annern Morgen, halvig söben ward he wak un steiht eenfach op. Un hett fein kommodig slaapen, egolweg.
Dat dee mi bannig imponeeren, ick wull dat ok mol versöken. Obends sä ick klor un dütlich to mi: Söss! Un üm datt ok nicks verkehrt löppt, noch 'n poormol: Söss – söss – söss – söss! De Saak dee mi 'n beten opregen, un ick kunn meist nich inslapen. Hest'n lange Nacht, wenn du all halv Stünn hochkümmst un nah de Klock kiekst, warrst ok fix mööd dorvun. As dat Klock fiev jümmers noch nich söss weer, bün ick ennelk deep indruselt, so bit halvig ölven.

Düvel, Blitz un Dunnerslag!

Eichen sossu vor weichen, Buchen sossu suchen – sowat heff ick mol lehrt! Kannst di dat vörstellen? Ick meen, dat is doch denn keen Wunner, wenn bi Gewitter … also weet ick ok hüüt noch nich, wat anliggt. Wat dat dor för dummerhaftige Ratslääg gifft, sick bi Blitz un Dunner richtig to verholln, dat is nich to glöven. Un wenn du de so mit de Johren sammelst, denn starvst du al vör Angst, ehr datt di de Blitz dröppt.
Ick will mol versöken, mien grootmächtiges Weten op dütt gefohrvull Rebeet to sorteern …: Tovörderst: Eerst kümmt de Blitz un denn de Dunner – dat stimmt woll, nich? Wenn dat blitzt hett, mußt du anfangen to tellen, so »eenuntwintig tweeuntwintig – dreeuntwintig …« un wenn dat denn dunnert, hett de Blitz so veele Kilometer wiet weg inslagen as du Sekunnen tellt hest. An besten makst dat jo mit de Stoppuhr, anners haut dat mit de köttern Entfernungen nich mehr so nipp hen; mol seggen, du kümmst nah Huus, is Gewitter, de Blitz sleiht in dien Huus, denn brukst blots vun de Stoppuhr aftolesen, wenn de Dunner kümmt, un weeßt furts, wo wiet du noch weg büst vun dien Huus … aber – ick glööv, dat is gor nich so wichtig … worüm schallst dat weten …?
Nee, hollstopp – is anners: Wenn du tohuus sittst, in dien Kamer, un buten löppt een, un de Blitz sleiht bi em in, denn weeßt du, wo wiet du lopen mußt in 'n Regen … is jo direkt makaber! Ick verstah dat nich – worüm schalt ick denn tellen, bit dat kracht? Un öberhaupt – wenn ick gor nich eerst to 'n Tellen kumm? Wenn Blitz un Dunner op eenen Slag … denn is de Stoppuhr doch in Dutt!
Kannst an sehn, wo dösig düsse Rezepten sünd!
Un denn tweetens schallst jo de Finster tomaken, vunwegen

de Kugelblitze. De rullt nämlich tücksch dörch dat open Finster rin un raast in de Stuuv rüm, smiet allens dörchnanner un findt womöglich den Utgang nich wedder, un dat gifft denn bannig Hektik an'n Koffeedisch. Nah mien Meenen is dat vernünftig – wenn dat Finster al mol open is – de Döör ok noch optorieten un fix in Schrank to jumpen. Denn süht de Kugelblitz, datt nüms tohuus is un peest dörch de Döör furts wedder rut. Bi Gewitter dröffst du ok keen Lepel anfaten, keen Finster- oder Döörgreep – gor keen Metall. Wenn du Amalgamfüllungen in de Tähn hest, mußt du dat Muul holln, un so kümmt dat, datt dat bi uns tohuus blots bi Blitz un Dunnerslag freedfardig togeiht. Radio un Fernseher utstellen, Antenn ruttrecken, Licht ut, un flach op 'n Bodden leggen.
Hehe, – fröher harr ick mol 'n Fründin, de glööv dor an. Hett jümmers veel Spoß makt mit ehr, wenn Gewitter weer –.
Noch wat Wichtiges: Wenn du in de Wüste büst, denkt de Blitz, du büst 'n Boom, un hest denn jo keen Schangs. Mußt di fix 'n deepe Kuul buddeln in düssen Fall un di dor rinstellen. Denn denkt de Blitz, du büst de Woddel vun den Boom un lett di in Roh. Dat is statistisch nahtowiesen: In Woddeln hett noch nie nich 'n Blitz inslagen.
In 'n Auto bruukst du keen Bammel to hebben, dor sittst du in 'n Fara ... Faradee ... in so 'n Art Käfig sittst du denn – heff ick mol in 'n Physikünnerricht lehrt – un dat mutt ok stimmen, tominnst wenn mien ganze Familie mit in 'n Auto sitt ... kann ick den Blitz goot verstahn – in so 'n Käfig wurr ick an sien Steed ok nich rinfohren –.

Jog – jog – jog – jog – jogging

Wenn fröher de Öllern sünndags mol keen Tiet för ehre Gören harrn, denn geven se Lütt-Heini föfftig Penn för 't Kino un he zuckel los to de Försterchristel in 'n Sülverwald – Kinnervörstellung Klock twee.
Wenn hüüt de grote Lütt-Heini un sien Fründin keen Tiet för den ollen Vadder hebbt, denn köpt se em för föfftig Mark 'n Jogging-Büx, un de Olle zuckelt denn los dörch de Straten.
Un Jogging is jo nu würklich wat Godes. Fröher heet sowat jo Trim-Trab un hör sick ekelhaftig nah Sport an, dor keemst al in Sweet, ehr datt du losstulperst – Noch wat fröher weer dat sogor Sport un weern denn blots de Naturapostels mit innegang un de ... also dat weer jo de ehre Saak, dor brukst du di jo nich veel üm scheren.
Man hüüt – Jogging ... alleen de Naam – dat swingt doch richtig, is modern, un hett sogor mol 'n Bundespräsident makt ... oh, nee – de weer jo jümmers an't Wannern, wat ganz wat anners is, denn dor mußt du 'n Rucksack bi op 'n Ast dregen, mit Nootratschoon binnen un Landkaart un Kompaß. Överhaupt verschannelt de slappe Büdel achtern dien 'n poppigen Jogging-Dress bannig. För Staatsoberhäupter is dat nich so slimm, de brukt vun achtern nich fein uttosehn; de Lüüd freit sick liekers, wenn se jem vun achtern seht.
Abers Minschen as du un ... nee – mi wüllt wi man buten vör laten ... seggt wi: As du un du un du – de hebbt groten Spoß an dat Jogging, un de Sportladeninhabers, de ok. Denn Jogging, dat is jo nu nich eenfach lopen, nee, so sühst du ut – dor hebbt de apartigen Sweet – Couturies abers 'n P vörsett, hebbt de! Tjäwoll!! 'neem kaamt wi denn hen, wenn 'n eenfach: Olle Büx un Pulli an un los geiht dat!, nich?

Heff ick nämlich annerlest in de Zeitung leest, wat du allens afsluut nöödig brukst to 'n Jogging!
Also: Büx, is jo klor, abers eben Jogging-Büx, an besten glieks 'n kumpletten Jogging-Antoog, mit geele un rode Striepen in, allens fein atmungsaktiv un so wieder. Un üm datt de Autofohrers di ok sehn köönt, wenn du morgens oder obends in't Dustern öber de Autobohn jumpst, brukst du ok noch extra 'n glitterklörige West öberweg; denkt de Autofohrers denn nich eerst lang, se hebbt 'n Bullen op 'n Kühler, wiel datt … also Bullen dreegt jo keene Joggingwesten, nich? Jo, un ok 'n spezielle Turnbüx för de warmen Daag mußt du di köpen, ut Nylon, mit 'n Innenslip. Innenslip is wichtig, vör allen för de Mannslüüd, is sotoseggen in 'n öffentlichen Interesse. Wat du di op 'n Kopp nu 'n fideles Käppi ut reine Schurwolle setten wullt oder mehr för düssen Stirnband-Look büst – op jeden Fall is dat allens nich so eenfach. Ok mit de Pedders dröffst di dat nich to licht maken. Wullt du 'n superlichten Asphaltschoh oder knöchelhoge Allround-Pantinen? Kümmt op an, wat du nu op de Landstraat oder in 't Moor öbern Jordan wullt –.
Üm datt du nich al vörher in de ewigen Jagdgründe joggst, schullst du di man ok noch 'n Jogging-Schrittmacher köpen, mit Ohrhörer, Strippen un allens. Wenn di dat denn in de Ohren knattert as 'n Geigerzähler bi Brokdorf, denn hest grod noch Tiet, dien niege waterdichte Patentbibel ruttokriegen –.
Vun so 'ne elementaren Saken as Termic-Ünnerbüxen, Stoppuhr, Massaaschöl un dat kumplette Book öber Jogging vun James Fixendutt will ick gor nicks mehr vertellen, denn du büst seker al hippelig noog un wullt lospeesen nu – also denn man goden Rutsch!

Mister Eggturner

Ick meen, de Schuld harr jo Wolfgang. Segg sülvst: Wenn he mit ’n Wohnmobil op Tour is, denn mutt he doch ok dat Nödigste mit inpackt hebben, nich? Op uns Irlandfohrt düssen Sommer hebbt wi nämlich mennigmol bi em spachtelt, un eenmol, as Ida ’n poor Eier in de Pann braten wull, dor harr he doch wiss un wohrhaftig keen Bratenhever! Se müss de Eier denn mit ’n Mess ümdreihn, un dat is jo nich nödig, so’n Tühnkram. Neegstmol wull ick bi’t Inköpen so’n Ding mitbringen.

Dat weer heel boben in Irland, so’n lütten Ort mit veer Pubs, dree Karken, twee Stratenlanteern un een Supermarkt.

Annerndags wi denn alle Mann rin in den Laden. Ida, Anna und Wolfgang hebbt köfft, wat wi bruken deen, un ick heff nah ’n Bratenhever söcht. De harrn meist allens in de Regale – Babybuddels, Mess un Koffeetängs, man keen Bratenhever.

As ick jüst bi dat twintigste Regol an’t Wöhlen weer, keem ’n Verköpersch un see: Can I help you? Dat funn ick goot, datt se mi hölpen wull un ick anter: Yes, I’m looking for a … for a … Düvel, wat heet denn Bratenhever op ingelsch? Ick reep Wolfgang. Wat heet Bratenhever? fröög ick em.

Op ingelsch? fröög he trüch.

Klor, meen ick, glöövst du, de verstaht Latiinsch?

Bi sowat is he empfindsom, denn egentlich kann he good Ingelsch. Wat weet ick denn, gnurr he, bün ick ’n Smutje? Denn is he gau nah de Kass lopen.

De Verköpersch plier mi an. Ida un Anna mi ok. In so’ne Situatschoon kann di jo dien ganze Reputatschoon in de Grütt gahn! You know … füng ick an, if you want to fry eggs … eggs, nich …?

Ah, meen de Deern, eggs – over there, please – de Eier sünd dor dröben …
Nee … no, no, lach ick, no eggs … Eier meen ick nich … Alright, see se, un pack de Eier ut uns Inkööpswogen wedder rut. No, see ick nu wat luuder, we need the eggs, de Eier brukt wi noch!
Se keek mi unseker an un dee nah 'n annern Macker winken. He keem to me. Sir? fröög he, can I help you?
Wolfgang weer al buten un keek dörch de Schiev to, Ida un Anna harrn sick ok wat trüchtrocken, man se keken heel neeschierig un böösartig.
If you fry eggs and you want to turn the eggs … also wenn du de Eier in de Pann ümdreihn wüllt …
Ah, meen he, you're looking for an eggturner!
Yes, jo klor – 'n eggturner! 'n eggturner, please!
De Verköper füng as mall an to söken. Sien Kolleeg keem vörbi, un dat Söken nah den Eggturner kreeg 'n niege Dimension. In de Regale weer keen Eierwender, man in 't Lager müssen se noch welk hebben – just a moment, please! De Dree lepen nah achtern, in 't Lager.
Na, goot – töövt wi 'n beten.
Nah 'n halve Stünn keem de Männätscher. Can I help you? fröög he fründlich.
Ick wull em verkloren, datt ick op'n Eggturner luuern dee, man he wüss al Bescheed, dat harr sick woll al rümspraken. Ick harr 'n wat längere Konversatschoon mit em, denn he kunn nich begriepen, datt Eggturner in Düütschland nich knapp sünd, wo ick dor doch so achteran weer.
Ida hett in fiev Minuten dreemol »Schiet an Eggturner!« seggt, un dat güng nu al op Meddag to.
In den Laden weern woll so an de twintig Lüüd Personal; een dorvun seet an de Kass, de tweete keek mi an, un de Rest dee in 't Lager nah mien 'n Eggturner söken.
Ida, Anna un Wolfgang stunnen al lang buten un hebbt mi

dörch de Ladenschiev bedrohliche Teken makt. Middewiel keemen ok ’n barg Kunnen in den Laden, de gor nicks köpen wullen, de blots häppieh in lütte Kringen dat Eggturner-Thema diskuteern deen. Nah dree Stünnen wüss ick, datt de Paster vör ’n tweeten Weltkrieg ok mol so’n Eggturner harr, man nu kunn he broden Eier nich mehr so goot af vunwegen sienen Magen, un de Dörpspolizist harr sogor ’n Swoger in Dublin, de to sien Hochtiet ’n Eggturner kregen harr. Af un to repen Lüüd ut dat Lager, datt se wedder wat Nieges funnen harrn, wenn ok keen Eggturner, un de Piehpl hebbt fidel klatscht, un een wull sogor driest Wetten annehmen.
Kregen heff ick den Blechlepel denn doch nich, man wenn du mol in dat lütte Dörp kümmst, denn frog mol nah Mister Eggturner.
Warrst di wunnern, wat ick dor för ’n barg Frünnen heff.

Backsorgie

Mutt jo nich jüst so'n Veersteern-Nobelschuppen sien, ok in eenfache Hotels oder Gasthööv hett sick dat vun fröher so bekannte Fröhstücksdrama middewiel ännert; hüüt kannst di morgens meist allerwegens an Müsli, braden Speck un Eier, Wuss Kääs un buntklörige Marmelood ut smucke Pött delekteern: De Gäst leevt »gesundheitsbewußt«.
Man mit beten Dusel kannst ok hüüt noch hebben, datt du morgens häppieh in 'ne Müllorgie suust. Du settst di fidel an'n Fröhstücksdisch, un dat eenzige, wat nich steril inpackt is, sünd de Rundstück un dat Broot; dütthalven sünd de Brötchen al pappig un de Brootschieven dröög – se krümmt sick richtig vör Dröögheit. De Koffie is twars ok nich inwickelt, man he smeckt delikot nah Poppeerfilter un heet is he ok nich mehr. Denn de Melk, de Koffiesahne: De is in'n lütten Plastikpott, un dat gifft Könners, de sprütt mit düssen Lepelfull bi't Opdrücken twintig Lüüd natt. De Botter is week, teihn Gramm inwickelt in 'n halven Meter Poppeer, un de Haltborkeit is al lang aflopen. Wenn du dat Sabschbünnel opfingereerst, ward allens fettig, blots dien Rundstück nich. De lütte Plastikbüdel Kääs glittert luurig un smackig as 'n Kondom, un Marmelood gifft dat in hunnert buntklörige lütte Dosen, för de du partout dien Brill brukst, anners kriggst du Lebberwuss tofaten, un den Zippel to'n Oprieten finnst ok nich.
De Clou aber ist de Honnig. Wenn du op Backsfinger steihst, denn is dor dien grote Schangs. Mol seggen, du hest de richtige Eck to'n Oprieten funnen un rittst de Plastikhuut vörsichtig af, denn sitt de leste Rest so fast, datt du bi den finalen Ruck ünner Garantie mit eenen Finger ringlitscht. Goot, Finger aflicken. Denn güttst du dat Slabbertüüch op dien halves

Pappsmallöhr, un nu wohrschuu di! Du kannst noch so fix afbieten – ennerwegens löppt di de Plörr doch rünner: op Finger, Dischdook, Slips un Büx. De physikalischen Gesetze gellt hier nich mehr, de Backskraam löppt sogor bargop.
Man wenn du smeerig, backsig, wütig un hungrig wedder opsteihst, hest doch tominnst dat gode Geföhl: Weer allens hygienisch!
Un hest 'n niege Diät funnen, denn sowat frittst nich to'n tweeten Mol.

Church-Card

Wenn een so'n Drömel is as ick, denn duurt dat jo mehrstiets 'n beten, ehr datt he mitkriggt, wat Trumpf is. Un dütthalven heff ick mi ok tähmlich wunnert, as nülich in'n Hamborger Michel 'n Gottsdeenst för Katten, Hunnen und Piepers afholln wurr. Ick harr mi ok nich mehr wunnert, wenn de Paster sien Predigt för Blomenpött oder Schimmelpilze holln harr, denn de sünd jo ok lebennig, nich?
Blots – wat schull dat? Seker hett uns Herrgott ok de Kakerlatschen in de Welt sett, man datt de denn ok to Kark gaht – ick weet nich.
Nah veel Gruveln aber is mir klor worrn, datt dat woll blots so'n PR-Gag vun de Kark weer, denn de Karkenmännätschers mööt jo ok mit de Tiet gahn un tokieken, datt dat Huus vull ward –.
Un de laat sick jo nu würklich wat infallen! To'n Bispill de Church-Card, de sick de swatten Top-VIPs vun de fiev Hamborger Hauptkarken utklamüstert hebbt ... echt clever, segg ick di! Nicks mehr vunwegen eenfach in de Kark stebeln un beden – eerstmol dien Koort wiesen! Schuuvst dien güllen Church-Card dörch den Schlitz an'n Ingang, un furts bruust dor binnen de Orgel loos, de Paster jumpt rin in sien'n Swattkittel un gifft di sien'n Segen, op Kredit, sotoseggen nah dat Motto: »Beten Sie einfach mit Ihrem guten Namen!«
Un womöglich ward de Gottsdeenst in Tokunft so afrekent as 'n Blinddarm bi de Krankenkass, also för de Förstklahs-Christen mit alle Schikanen: Chor, Orgel, Blomen, Paster mit Deodorant; oder op Soziallevel mit twee Minuten Keyboard vun Cassette un Plastikbloom, un de Paster löppt blots eenmol dörch mit »Halleluja, beinhart!«

Un denn de Gottsdeenst – is dat nich 'n Schann, mit düssen albern Klingelbüdel? De poor Penn, de dor in klötert? Nee, hier mutt Werbung her, Werbung! All fiev Minuten! Mol seggen, de Paster is dor jüst an't Preestern vunwegen: »Der Herr sieht dich auf all deinen Wegen!«, denn kümmt miteens 'n Stimm vun boben: »Und das natürlich mit der Brille, für die er keinen Pfennig dazubezahlt!« Oder so'n lütt Göör ward döfft in de Kark, denn flattert fidel hunnert Winneln ut de Karkenkuppel, un de Chor jodelt häppieh: »Gottes Wort zu Wehr und Trutz, doch Plempers für den Auslaufschutz!«
Un de Kark hett jo noch veel mehr Service op Lager; is also denn keen Ünnerscheed mehr to Sporkass, American Excess oder Ferien-Club,
Un so as de Automobilclub dien'n Boddieh nah 'n Crash afsluut ümsünst nah Huus kohrt, so suust dien Seel denn mit de Church-Card rasant in'n Heven.
Blots dor boben – ick meen, wenn du dor bi Petrus denn ok noch dien Koort wiesen muttst –? Du weetst jo – dat leste Hemd hett keene Taschen … Wohen denn mit de Church-Card?
Also dor brukst du nu keen Bammel to hebben: Wenn dat mol sowiet is, un du kniepst den Mors to, denn so klemmst di eenfach de Church-Card dortwüschen!

Strohwitwers

Jedeneen weet woll, wat 'n Strohwitwer is, man wat dat bedüdt, 'n Strohwitwer to sien, dat mutt een eerst beleven, ehr datt een dat glövt. Mi hett da mien Fründ Jürgen bibrocht ...

Dat keem so: Annerlest Johr weer mien Familie al 'n poor Daag fröher as ick op Urlaub fohrt, ick harr noch wat to beschicken. As ick allens in de Reeg harr, dor wull ick denn an 'n annern Morgen ok losfohren. Ick harr al mien'n Kuffer packt un wull mi dat den lesten Obend noch fein kommodig maken. Ick dreih den Fernseher an, sett mi torüch, lang nah den Kloren, den ick mi inschenkt harr – dor bimmelt dat an de Döör. Ick mak op, buten steiht mien Fründ.

Heff dien Wagen vör de Döör sehen, seggt he, büst nich mit op Urlaub? Noch nich, anter ick, eerst morgen. Un du? Is dien Fruu mit de Kinner nich ok al weg?

Doch, seggt he, man ick heff morgen obend noch to doon hier. (He is Musiker, mööt Se weten –)

Dat 's gediegen, lach ick, denn sünd wi jo Leidensgenossen! Denn kumm man rin!

So füng dat an.

He kreeg ok 'n Kloren un denn steiht he op, geiht to den Fernseher un frogt: Hebbt ji jümmers son 'n slechten Empfang?

– Slecht? Woso ... is de nich goot?

– Nee, sühst dat nich ... de is nich richtig instellt!

– So ... Ach, lat man, dat makt nicks – mi langt dat –

– Is aber nich goot. För de Ogen! Lat mi mol maken ...

Nich mol teihn Minuten hett dar duurt, dor harrn wi gor keen'n Empfang mehr.

Da liggt an den Apparat, seggt he, bi mienen heff ick dormit keene Maleschen!

Un nu, frog ick, wat makt wi nu?
Weet ick, antert he, wi kunnen jo driest mol eenen flottmaken.
– Flottmaken?
– Jo. Sünd doch Strohwitwers! Gaht wi op 'n Zwutsch!
– Meenst dat …? Grote Lust heff ick nich – Is ok al neegen … un drunken hebbt wi ok wat!
– Ok wedder wohr … Blievt wie beter tohus. Weetst wat – ick heff Hunger!
Hunger harr ick ok. Wi güngen in de Kök.
Is dor nicks anners as dat dröge Broot? frög he.
Glöv nich, beduur ick, de hebbt allens mitnahmen.
Denn laat uns doch wat brutzeln! sleit he vör.
– Wat denn?
– Omelett, oder so … hest keen Book mit Rezepten?
– Doch – in 't Schapp, dor …
Denn hebbt wi dat grote Book studeert. Feine Saken weern dor in: Pannkoken, Söte Klüten, Powideldatschkerln …
– Kennst du de?
Nee, anter ick, man lecker seht de ut …
Un hier, blättert he wieder, kiek mol, wat dat för 'n Barg Koken gifft … oha, heff ick 'n Jieper op wat Sötes!
Apptit harr ick ok – man ick harr 'n ungodes Geföhl dorbi; he weer al bannig in Fohrt. –
– Da … da: Eclairs! Oooh – mi löppt dat Water in 't Muul tosamen!
– Eclairs? Ick weet nich … sünd de so eenfach to maken? – Klor! He weer nich mehr to bremsen. Steiht dor jo, wo de makt ward!
He lett nich locker: Un denn makt wi glieks 'n poor mehr, de nehmt wi denn mit op Urlaub, för de Kinner!
Dat 's 'n Idee, find ick nu ok, de ward sick freien, denn mol los!
He dee sick de Ärmel opkrempeln: So, wat brukt wi –

aha: ½ l Wasser ... - Hebbt wi.
– 120 g Fett ... - Hebbt wi ok.
– Eine Prise Salz ... – Is dor.
– 300 g Mehl? – Ok dat.
– 50 g Speisestärke? – Speise ... wat is dat? –
– Sowat för Pudding un so ...
– Achso – jo, hebbt wi.
– Un Backpulver, twee Lepel vull ... - Allens klor.
– Un denn noch Eier – acht bit teihn Stück ...
– Eier? Nee, dat nich ...
Wi hebbt ok keen mehr, seggt he, man dat makt nicks, an 'n Bohnhoff steiht 'n Automat, dor gifft dat Eier.
An 'n Bohnhoff, frog ick em, – wüllt wi dor nu hen??
– Tjä, wat denn? Is doch eerst Klock teihn!
Wi sünd denn losmarscheert, to Foot, denn mit 'n duhnen Kopp fohrt wi nich. Wi nich! As wi an dat erste Lokal vörbikeemen, meen Jürgen, wi kunnen man glieks 'n Buddel Selter mitnehmen, dat weer beter to 'n Backen as dat Water ut de Leitung. Een mutt sick jo wunnern, wo lütt de Welt is – binnen seet Hugo, un den harr ick al lang nich dropen. Hugo dee sick freien un geev een ut för mien Fründ un mi. Dor kunnen wi uns jo nich lumpen laten un hebbt ok 'n poor Sluck spendeert. Man wi harrn jo noch wat vör un sünd denn al Klock ölben wedder losgahn. Hugo wull to un to gern mit, he harr ok 'n Smachter op Eclairs, man Jürgen hett em denn toseggt, datt wi laterto noch mol vörbikeemen un em 'n poor Koken mitbringen wullen.
Nu weern wi ok bald an 'n Bohnhoff – dat heet, nich ganz; denn dicht vörn Bohnhoff, dor is 'n niege Diskothek. Dor weer de Dööör open, un wi kunnen hören, wo fein de Musik dor binnen weer.
Dat kunn ick em nu nich afslagen, denn Musik is sien Leven, un wi wullen ok blots 'n lütt Ogenblick rin un tohören. Wi hebbt uns gor nich eerst hensett, hebbt uns Rum an de Theke

kippt, un ick weet ok nich, wo dat keem – mien Fründ weer op eenmol weg. Richtig freit heff ick mi, as ick em wedderseeg, bi 't Danzen. Blots mol utprobeern, wat dat noch geiht, lach he.

He is eben 'n ganz Fidelen. Un wat 'n Tofall weer dat: De smucke Deern, mit de he danzen dee, harr ok noch ehr Fründin dorbi! De kunn ok grotartig danzen. Man denn müssen wi uns doch mol dalsetten, so jung sünd wi jo nich mehr. De Deerns weern ok reinweg ut de Pust, un wi harrn 'n schännlichen Döst alltohoop. Vun mi ut harr ick dat wiss nich bestellt, man wenn Jürgen in Fohrt is, denn frogt he den Dübel, wat dat köst, denn so mutt dat partout Knallköm sien. He een Buddl, ick een. Betohlt heff ick se denn beide, he harr sien Geld bi Hugo liggen laten. De Deerns kunnen dat nich begriepen, datt wi de Eclairs so ganz alleen backen wullen, man dor is Jürgen eegen in: Frömde Deerns mit nah Hus – nee! Dat schickt sick nich! Wi hebbt jem denn belatschert un fast verspraken, datt wi noch mol wedderkaamt, mit veer Eclairs.

Punkt een weern wi an 'n Bohnhoff. Nu kann ick nich seggen, wat de Automat op mol nich mehr dor weer, oder wat wi em blots nich finnen kunnen – op jeden Fall kreegen wi keene Eier. Wat deit nu mien Fründ? Nich, datt he nu düster vör sick hen kiekt oder »Schiet« brüllt – dat nich! He dreiht sick üm, sett sick in Marsch un seggt heel ernsthaftig: Dat wüllt wi woll kriegen: Ab nah Hus.

Üm de Diskothek hebbt wi 'n groten Bogen makt, vunwegen de Deerns. Bi dat eerste Lokal sünd wi 'n Ogenblick stahnbleeven un hebbt vun buten tohört, wo Hugo dorbi weer, alle Mann hoog to »Eclairs satt« intoladen. Dor sünd wi gau wiederlopen, de Plicht dee uns ropen.

Man Eier harrn wi jümmers noch nich, as wi to Hus weern.

Un nu? frog ick mien Fründ. Is merrn in de Nacht – wo wullt du nu Eier herkriegen?

Blot nich opregen, winkt he aff, ick gah to Neubert nebenan, den sien Wagen heff ick güstern ansleppt. De freit sick, wenn hen mi 'n gefallen doon kann.
– Na, ick weet nich … so lat? –
– Wat heet lat – is doch al Klock twee in de Fröh!
– Tjä, wenn du dat so sühst …
Bi Neubert weer de Klingel afstellt. Erst hett Jürgen, de jo würklich 'n höflichen Minschen is, ganz, ganz liesen an de Döör trummelt.
Dorvun is sien Naber aber nich opwakt.
Denn hölpt dat nicks, see mien Fründ, ehr datt ick hier stunnenlang Krach mak, denn leever eenmol düchtig.
Dor hett he denn eenmol düchtig.
Ick bün vör Schreck glieks dree Meter trüchjumpt.
Düttmol weer de Naber aber furts an de Döör, een kunn meist glöven, he harr achter de Döör slapen. He ritt de Döör op un glupsch Jürgen mit bebernde Lippen an.
Na, see Jürgen, fohrt he noch?
Wat – wat is? stahmert sien Naber.
– Wat he noch fohrt! Ick heff em doch güstern ansleppt!
– Noch fohrt … wat schall dat denn – nu … in de Nacht! Seggt Se …
– Al god – Jürgen kloppt em op de Schuller – heff ick jo gern doon, man wat is – hebbt Se noch 'n poor Eier? So acht bit twölf?
– Eier??? Also … ick … Se – Se … Se sünd jo woll …!
Un dormit ballert he sien Döör to, un dat weer meist noch wat luuder as vörher Jürgen mit sien ›eenmol düchtig‹.
Uns anner Nabers weern ok all tohus. Dat kunnen wi nu marken. Se keemen all in 't Treppenhus. Dorbi heff ick faststellt, datt de Naber ünner mi den sülvigen Pyjama hett as ick, blot mit kotte Büxen, un sien Olsch hett nachts 'n ganz anner Hoorfarv as an 'n Dag. –
Hallo, see mien Macker to jem, wo is 't – wüllt ji ok 'n poor

Eclairs afhebben? Man nich schaneeren, kümmt nich op an!

Ick glöv, se harrn dor keen Jieper op, sünd all wedder ringahn. Hebbt schimpt un mit de Döören ballert, de Öös. Un de Olsch mit de Nachthoorfarv hett noch »Suupkopp« bölkt, as se al lang binnen weer. Wat sünd dat blots för Lüüd, schüttkoppt mien Fründ, mehr als inladen köönt wi jem doch nich! So 'n Spektokel in de Nacht! Kunn mi nich passeern. –

Un wat is nu mit uns? frog ick, ward woll nicks mehr mit Koken? –

– Woso dat op eenmol?

– De Eier, hest de vergeten?

– Nee, worüm? De ward mien Naber nu woll funnen hebben …

– Du wullt em nochmol frogen? –

– Logo.

– Wedder so richtig düchtig? –

– Düchtig? – Achso, nee, wenn he nich glicks von sülben wedderkümmt, denn weck ick em mit Musik.

– Musik? –

– Klor. Denn trummel ick em 'n Bossa Nova an de Döör. Dor ward he sien Pläseer an hebben.

Oh Gott, anter ick, denn tööv aber 'n Ogenblick, bit datt ick nah baben bün …

Ick weer jüst op de eerste Trepp, dor füng he al an. 'n Talent is he jo, allens wat recht is. Nich to glöven, wat so 'n Genie as he ut 'n eenfach Döör allens ruthalt, blots so, mit de Hannen. Sogor den Naber. Stumm geev he Jürgen 'n Karton mit Eier, wenn mien Fründ ok liekers noch gor nich fardig weer mit sien Opus.

Jürgen hett sick fein bedankt un fründlich seggt, Herr Neubert schull de eerste wesen, de 'n Eclair kreeg. Man de unmuskalsche Kirl hett blots wedder de Döör toknallt.

Düttmol sünd wi nich stahnbleeven; as 'n Stormwind sünd wi roppeest in mien Wohnung. Buten hebbt se »Polizei« ropen, un de Olsch vun vörhen weer wedder mit ehrn »Suupkopp« togang.
Laat se, see mien Fründ, se weet dat nich beter.
Denn hebbt wi anfungen mit dat Kokenbacken. Toeerst kunnen wi dat gor nich glöven, wat dor in dat Book stunn: Water, Botter un Solt in 'n Pott doon un allens koken. Koken!!
Büst du besopen? fröög mien Fründ, wi wüllt doch backen un nich koken! Dee aber stimmen. Wat hebbt wi uns högt – dor müssen wi erst mol wedder een op hebben.
Buten wurr dat al hell. Süh, see Jürgen, wi sünd de richtigen Bäcker – de fangt ok an to backen, wenn dat hell ward. Denn mol ran!
Water, Botter, Solt in Pott, koken, dat Mehl dorto un röhren, bit datt dat 'n dicken Klumpen weer. Den groten Klüten in 'n Pott, de Eier dorto. Neegen Stück hebbt wi brukt, denn weer de Kram so as he sien schull: nich to dünn un nich to dick.
Nu güng dat Backen eerst richtig los. Wi schullen den Deeg op dat Backblech sprütten, mit 'n Sprüttbüdel. 'n Sprüttbüdel hebbt wi jo funnen, man düsse aasige Deeg, de weer doch woll 'n beten to fast, he wull un wull nich wedder rut ut den Büdel! Mann in de Tünn – wat heff ick dor op rümdrückt! Denn, miteens weer he buten. As 'n Slang seil uns Koken dörch de Luft un an de Wand. Seeg lustig ut. Aber för Kinnerkram harrn wi keen Tiet. Wi hebbt de Slang wedder afkratzt un torüch in 'n Büdel smeert. Ick mutt dortoseggen, datt ick de Kök jüst vör 'n poor Daag witschert harr, wunnderbor grön. So recht propper seeg dat nu nich mehr ut, man dorför harr nu de Kokendeeg 'n apartige gröne Klöör. Wi weern wiss de eersten, de gröne Eclairs towege kreegen.
Dat hebbt wi düchtig fiert.
Klock fiev keem de grote Ogenblick – de ersten Koken weern fix n fardig. Wi ok. De Eclairs segen bannig malade ut.

De Minsch gewöhnt sick an allens, see Jürgen, wo steiht dat, datt Eclairs nich grön wesen schullen?
Na, de neegste Portschoon seeg al veel beter ut, un dat weer noch nich mol söss, dor lägen se vör uns: Neegenunsösstig Koken, Eclairs, Liebesknochen. Dor weern wi wedder baben op.
Nu de Füllung. To 'n Glück harren wi noch Melk in 'n Köhlschrank. So weer de Creme man 'n Klacks. Wi hebbt eenfach Vanillepudding kokt, Botter in 'n Pott oplöst, allens tohoopröhrt, de Eclairs langs dörchsneden, mit de Creme füllt un fardig weer de ... dat heet, so recht fardig weern se jo noch nich ... Fehlt noch dat Glas! see mien Fründ, dat Glas ut Kakao! (He meen »Glasur«, man he kreeg sien Muul nich mehr goot utenanner –.)
De Glasur hett he denn alleen makt. Ick harr mi för 'n Ogenblick op dat Sofa sett un bün inslapen.
As ick nahmeddags wedder de Högte kreeg, weer Jürgen weg. Op de Deel lägen veer Eclairs. Ünner de Gardrov dree. Op de Lamp fiev. An de Husdör hüng 'n Zeddel: Der Osterhase war da! De Kök – ick mag dor gor nich mehr an denken ... He harr de halve Kök glaseert, allens weer bruun, blots de Koken nich. Gau heff ick mien Backbeerenmus tosamenholt – Kuffer weer jo al packt – heff Blomen köfft, bün to mien Fruu ehr Süster fohrt, heff ehr mien Slötel un de Blomen geven un ehr seggt, se kunn all de feinen Eclairs eten, un wat se woll villicht de Kök 'n beten ...?
Denn bün ick op Urlaub fohrt.
Mien Fruu dee sick freien as ick keem. Tominnst so lang, as bit se den Kuffer opmaken dee.
Babenop lägen platt un matschig twintig Eclairs, de grönen ok noch, mit Creme överall, un 'n Zeddel vun Jürgen:
Backe, backe Kuchen!
Wat ward Dien Olsch nu juchen ...

De niege Trend

Also ick harr dor jo echt Bammel vör – mol seggen, du kümmst poor Minuten to laat nah Huus, un achter de Döör steiht denn so 'n drohtigen Typ un dreiht di mit ehr unbännige Boddiehbildingsknööf den Nüschel af!
Ick meen, mit sowat kannst du as vernünftigen Minschen doch nich reken! Datt dat Mannslüüd gifft, de rümloopt als 'n vullpruppten Rucksack, dor heff ick mi jo bi lütten an wennt, man nu ok noch de Lähdies? Hehe, fröher weer ick jo ok üm een Hoor so 'n Do-it-yourself Herkules worrn ... naja, hüüt sühst mi dat nich mehr so an, man liekers – wenn domols nich Ida ut Versehen dat Kraftfoder för ehr nieges Backrezept ... un dat weer düür, segg ick di! Ick harr dor nämlich so 'n Inserat in de Illustrierte funnen, mit so'n Spiddelwüps op dat eene Foto, un de sülvige mickerige Slabberdarm op dat annere Bild – as harrn se em oppumpt! Kolossol, segg ick di! Un dat allens blots vun twee Plastikkanister mit Water in un 'n poor Pund Pauerpulver in 'n Mogen, nu kümmst du! Twee Daag lang heff ick as'n Berserker mit de Hanteln rümjongleert, jümmers vör 'n Spegel, denn ick wull dat jo ok sehn, wo mi de Knööf in de Arms wassen dee. Denn aber is mi de eene Waterbüdel bi mien rasantes Krafttraining ut der Finger flutscht, denn dor harr ick noch nich so veel Pauer in, un Ida hett dat in't Krüüz kregen. Du, wenn dat 'n Week later passeert weer, denn harr se aber keen Schangs mehr tegen mi hatt, denn nah de Tabelle weern miene Arms denn al fiev Zentimeter dicker west, un allens Muskeln, nich, man nah de twee Daag weern se blots fiev Zentimeter länger worrn, un dat hölpt di jo nicks tegen 'n wütige Lähdie, de wat in't Krüüz kregen hett. Ick heff denn blots noch liesen dat Kraftmehl eten, in Water op-

löóst, man wenn ick mol vun'n kraftvollen Dünnschiss afseh, denn hett ok dat nich veel brocht.
Hüüt is dat jo allens hoogtechniseert in düsse Boddiehbildingsstudios, dor hangt de Pauerkandidoten in de Apparote as 'n Flattermann in 'n Grill, un licken doot se ok so. Verlohnt sick jo aber denn ok – tominnst för den Inhober vun so'n Studio. Kiek di doch blots mol so 'n utwussen Boddiehbilder an! Wenn de so fardig afsmeert un picobello ölt op de Bühn sien'n gigantischen Rullschinken demonstreert – also de kann mit Muskeln spelen, de ick an mien Körper noch nie nich funnen heff! Wenn de sien'n linken Arm heevt, denn löppt öber sien rechte Schuller 'n Seebeven, un du glöövst, nu kriggt he de Beulenpest. Is würklich 'n ästhetischen Genuß, so'n minschlichen Barg – naja, 'n Barg is dat jo egentlich nich, den 'n Barg hett jo keen Kopp, man op'n besten Weg dorhen is he jo, de Boddiehbilder, ok wenn he boben noch sowat as'n Kopp hett, man dormit is dat as mit 'n Blinddarm – dat wurr he gor nich marken, wenn he den nich mehr harr. Bit dat aber sowiet is, deit he allens, datt de annere Lüüd em nich mehr wiesward, den Kopp –. Also he trainiert denn blots noch de edeln Deelen vun sien Boddieh.
Tjä, un nu hebbt de Fruunslüüd dor ok mit anfungen. Allens mööt se uns Mannslüüd nahmaken! Man op de anner Siet – egentlich is dat gor nich so leeg ... süh mol, fröher müss 'n Kirl Knööf hebben un 'n Fruu blots leev, sööt oder ok elegant sien – un hüüt? Hüüt wüllt de Lähdies drohtig sien, slank as 'n Lanternpohl, un so föhlt se sick ok an, un de Mannslüüd? De köönt denn jo geern – du, weeßt, wat ick glöv? Ennelk bün ick mol op'n richtigen Damper! För düssen niegen Trend bün ick de Idealtyp, dor mööt sick de Lähdies blots eerst an wennen ... will ick mol hopen, datt dat nich to lang duurt!

De Roh weg ...

Kinners un Lüüd – wat is dat hüüt blots för 'n hektische Tiet! All sünd se an 't Jachtern, hebbt dat ielig un kiekt mi argdenkern an, wenn ick de Roh beholl un allens fein sutje maak ... Naja – verstah mi recht: Gifft aber ok welk, dor warr ick bannig füünsch, wenn de mit ehre langsome un stieselige Art anfangt – dat mutt jo allens Sinn un Schick hebben, nich?
To 'n Bispill nülich in den Bäckerladen: Tövt al an de twintig Lüüd vör den Tresen, in so 'ne dreefache Slang, un de Stimmung is denn jo so un so nich allerbeste, wiel datt jedeneen dat Geföhl hett, glieks snappt em de annern all de feinen Koken weg, wo he sülvst doch so spitz op weer; geiht langsom een bi een vöran, de Verköperschen hebbt jo ok blots twee Hannen. Goot. Nu aber: Vör mi is nu 'n Fruu an de Reeg. Se hett wiss al twintig Minuten töövt, de Koken hett se all ankeken, un datt achter ehr noch 'n barg hungrige Lüüd staht, weet se ok. De Deern achtern Tresen nickt ehr to – kann losgahn mit de Bestellung. De Lähdie wakt op as ut 'n sworen Droom. Ach, bin ich schon an de Reihe –?
Jo, is se.
Achso ... dscha ... denn hätt ich gern ... villeich den Butterkuchen?
De Verköpersch grient unseker: Tjä ... wie Sie wollen ... ein Stück?
Nee, nee – ruhig zwei ...
De Verköpersch langt nah 'n lütten Pappstriepen un packt dor twee Stück Botterkoken op. Se wickelt dat in un frogt fründlich: Sonst noch was?
Wieso? frogt de Fruu, sonst noch was – Sie sind scha gut – büschen mehr brauch ich schon noch ...

De Wittschört is beten baff, wickelt de twee Stück wedder ut un frogt, woveele Stücken dat woll so ward?
Naja … also … Momang – Herbert, Karl, Tant Manda – och nee, die mag scha kein 'n Kuchen … Ham Sie auch Kekse?
Jo, Kekse gifft dat ok.
Aha … denn noch Gerti ihre zwei Kleinen, die können dscha reinhauen … und denn noch …
In den Bäckerladen ward dat still. De Verköpersch süht nu fein gesund ut, se kriggt richtige Appelbacken. Se frogt vorsichtig, wat dat mehr as föffteihn Stücken ward?
So viele –? schüttköppt de Fruu. Was solln wir mit all den ganzen Kuchen? Erstmah Pflaumenku … is der auch frisch?
Is he. De Plummen sünd güstern eerst vun 'n Boom fullen.
Mein Mann kriegt da ümmer Sodbrennen von … büschen Sahne lieber dazu …
Nu will de Deern weten, wat dat noch mehr Sahnestücken ward … de drögen will se lever nah ünnen …
Gott, nu drängeln Sie mich doch nich so … un überhaupt – bei diese Hitze … was soll ich da mit die ganzen Sahnestücke …
Bi lütten hebbt de mehrsten Lüüd 'n wilden Primatenblick in de Ogen. De Olsch hett se jo woll nich all …
Nah eenen Kokosbarger, twee Schnecken un een Mandelhörnchen – dat se denn aber doch lever nich hebben will – nah fiev Minuten also liggt op den allmächtigen Pappteller söben Stück Koken. De Verköpersch töövt, de Lüüd gnurrt, de Lähdie geiht in de Hocke: Wasndasda?
Dat is ut Joghurt.
Ach was – Aus linksdrehenden?
Vun düssen Ogenblick an ward in den Laden nich mehr bedeent. Is'n Stimmung as in Cape Canaveral, wenn de Rakeet hooggeiht; kannst de Klock an de Wand ticken hören, un de Kirl achter mi gnaastert mit siene drütten Teehn. De Verköpersch dreiht den Joghurtplacken eenmol rundrüm. So, seggt se, nu issas linksgedrehten …

Dat is toveel. De Lähdie kriggt 'n stieren Blick un 'n heel liese Stimm: Wolln Sie mich uzen? Sie?
Nee, seggt der Deern, aber gern wissen was un wieviel Sie eigentlich wolln …
De Fruu piept kott un scharp as 'n kaputten Dudelsack. Hier will ich bestimmt nicks mehr … wenn Sie Ihre Kunden nich mah ausreden lassen …
Se dreiht sick – batz! – üm, drängelt sick wütig dörch twintig Piehpl, un eerst an 'n Utgang dröppt ehr de Gerechtigkeit: Se wöhlt sick füünsch an 'n Deern vörbi, de 'n grote Waffeltüüt vull Softies in de Hand harr. Harr!
Nu harr de Lähdie dat an'n Kragen, man dat mark se seker eerst 'n poor Ecken wieder.
Ick will di seggen – so fidel as dornah heff ick noch nie nich Koken köfft …

Nich mööglich …

Dat Restaurant is een vun de vörnehme Aart. Allens is liesen dor, de Gäst, de Kellner, de Teppichbodden, dat Meubelmang – allens. Poor Disch wieder lang vun mi sitt ’n Schentlmänn un sien Lähdie, se eet as in ’n Film, parleert halfluud, köönt sogor wat mit de Serviett anfangen. Is öberhaupt sowat vun Kultur in den ganzen Laden, datt dat, wat nu passeert … also dat kann egentlich gor nich passeern, dat … dat … wo kann dat blots angahn –?

De Schentlmänn kriggt ’n Hickop. Einen Schluckauf. Lateinisch Singultus. Inspiratorisches Geräusch, das unwillkürlich durch ruckartiges Zusammenziehen des Zwerchfells und nachfolgenden Stimmritzenverschluß entsteht.

De Hickop weer luud. He stunn in dat elegante Silentium as Männeken Piss in de Goode Stuuv. De Schentlmänn fohrt sick lässig mit de witte Serviett öber sien Snuut un parleert dor wieder, wo he ophört hett. De Lähdie hett afsluut nicks markt; de Kellner, de üm een Hoor de Wienbuddel fallen laten harr, hett nich mol Tatterhannen bi ’t Inschenken. De annern Gäst hebbt gräsig wichtige Saken to besnacken, ’n Hickop kennt se seker nich.

Nu aber kümmt den Hickop sien groten Broder. Tegen düssen Hickop weer de eerste ’n Spiddelwipps, ’n toonlosen Süüfzer, ’n Gornicks. Deep un gurgelig stiggt he ut de Bost, makt den Schentlemänn de Lippen flattern un wabert mit ’n duster Tremolo dörch den Ruum.

De Ober sett de Buddel af, de Lähdie fallt de Gobel ut de Hand un de annern Gäst dreiht sick langsom üm – se köönt nich glöven, wat se dor hört hebbt.

De Upper-Ten-Tarzan hollt sick krampartig dat witte Dook

vör 't Gesicht, man düssen kolossalen Hickop kriggt he nich mehr tofaten. Ok den neegsten nich. De Hickop stiggt nich mehr ut em rut – he ritt em mit hoog. Dat is, as wenn du 'n olle rustige Waterpump ingangsettst: deepduster unheemlich, mit Quietschen, Röhren un langsom starven …
Nu steiht der lebennige Knigge op, der Kellner wiest ielig op 'n Döör un Hickop Nummer veer peest nu dörch den Lokus. In dat Restaurant weer allens Plüüsch un Teppich, 'n Lokus ist hygienisch mit Steenbodden un Kachelwannen; düsse hett sogor noch 'n Echo. Ich heff in mien Leven noch nich sowat Grugeliges hört. De annern Gäst woll ok nich. Dat Eten hebbt se vergeten. Se steekt de Köpp tosamen un tuschelt nervös, de Kellner wischt sick mit sien Serviett den sweetnatten Baffi. De Lähdie is so in sick tosamenkropen, datt blots noch ehr toupeerte Lockenpracht to sehn ist. Ut den Lokus ballert in jümmers köttere Afstänn een Hickop nah den annern.
Verzeihen Sie, meine Damen und Herren … wüspert nu de Ober – Ist vielleicht ein Arzt unter Ihnen –?
Een Macker steiht op. Nee, 'n Doktor is he nich, man tegen Hickops hölpt blots Luftanholln – he wull den armen Kirl mol gau bistahn …
Zucker! röppt 'n öllerhaftige Fruu. Herr Ober – haben Sie nicht einen Löffel voll Zucker?
Un 'n Männädscher seggt, dat is allens Tühnkraam – bi sowat hölpt blots dreemol dröög Rünnerslucken, dat wüss he noch vun sien Grootmudder!
De fööfteihn, twintig Lüüd kaamt in Raasch. Sie sünd opstahn, 'n poor vun jem al op 'n Weg nah den Lokus; de Kellner hett al sien'n Lepel Zucker praat. In de Haissosaietieh is 'n echten Nootstand utbroken.
In düssen Ogenblick geiht de Döör von dan Kabuff wedder op, un de Schentlmänn kümmt trüch. He stiert kott un hööggstens lütt beten verbaast op de Versammlung, stulzeert as ut 'n Herrenjournal to sien'n Disch röber un sett sick daal.

De Lähdie is wedder op ehr normale Grött wussen, de Ober ist so perplex, dat he den Lepel mit Zucker in sien Jackentasch stickt.
De annern Lüüd sitt ok al lang wedder, sie sünd nie nich opstahn.
Hickop –? Bitte –? Was ist das denn?
Achso – Singultus … aber doch nicht hier … ich bitte Sie …

Besök

Gifft twee Arten vun Besök: Anmeldten un nichanmeldten Besök. De nichanmeldte hett veel för sick. De anner Lüüd köönt nich so gau allens wegrümen, un so gifft dat männigmol fein wat to eten. Noch dorto ward de Besöker beter gewohr, wat de anner Lüüd jüst so dreven hebbt, un se köönt denn to sick seggen: Aha, süh so – so drievt de dat also! Un se stellt sick denn dor op in un ward ehre Sorgen wedder leddig.

Man de »Erfolgsquote« bi den nichtanmeldten Besök is lütt. Dat kummt dorher, datt de anner Lüüd nichanmeldten Besök för Schicksol hollt; un wokeen makt al de Döör op, wenn sien Schicksol buten steiht?

Gifft aver ok plietschen Besök, de nich so licht opgifft. De klingelt Storm, hollt das Gucklock vun den Döörkieker to, loopt 'n halv Stünn üm dat Huus un smiet lütte Steen gegen de Finster. Heel leege hebbt 'n Handy un roopt de Lüüd an, un wenn de denn nich op Droht sünd un dat nich sutje bimmeln laat, denn hett de Besök wunnen.

De anmeldte Besök kümmt op verscheeden Wies tostann. De Lüüd köönt inladt warden oder se köönt sick sülben inladen. Sick sülben intoladen is nich de feine Art. Wenn een dat doch versöcht, ward he gräsig dorför bestraft. He kriggt so olle Keks von Wiehnachten to eten, datt he dat ganze Muul vull Stoff hett, un de Wien, den he drinken mutt, is so suer, datt he sien Muul nich wedder opmakt.

So swiggt he tominnst still.

Nee, veel vörnehmer is dat, sick inladen to laten. Man dat is nich eenfach. Dat langt to 'n Bispill nich, wenn de anner Lüüd seggt: Kaamt Se doch mol vörbi. – Wenn een denn dor op-

krüzt, ward dat bannig schaneerlich, un de Lüüd seggt von em, düsse stieselige Kirl harr Maneeren as 'n Pund Wuss.
De korrekte Weg is de: De eenen Lüüd frogt: Köönt Se un ehr leeve Fru uns nich mol besöken? De anner Lüüd antert denn: Jo, gern! Mit Vergnögen! De eenen Lüüd frogt denn wieder: Wann passt Se dat denn? Seggt wi – Sünnobend? Klock acht? Un de anner Lüüd: Fein! Dor freit wi uns aver! Bit Sünnobend denn!
An 'n Sünnobend passeert denn veel, bi de een un bi de anner Lüüd. Bi de eenen mutt de Fruu to 'n Friseur un so gifft dat meddags keen Eeten. So kümmt dat, datt Besök obends jümmers so 'n Hunger hett. De Mann treckt sick 'n niege Ünnerbüx an un mutt siene Stebel sülben putzen. Sowat sleiht op de Stimmung. De Fruu köfft Blomen – dree, fiev, söben, op keenen Fall veer, söss oder acht, de Mann kiekt noch mol in dat grote Book mit Witzen, üm datt he obends ok lustig parleern kann.
Bi de anner Lüüd regeert de naakte Terror. De Fruu wull ok to 'n Friseur, man se hett keen Tiet, se mutt dat Eten tohoopstellen, un se mutt dat Huus oder de Wohnung so penibel opkloren, datt allens een Lack is. Se huult dree- bit söbenmol över Saken, de nüms versteiht. De Mann hett den falschen Wien inköfft un – wo gräsig! – de Servietten, de se anners nie nich brukt, vergeten! Un för de een Tass, de al 'n halv Johr in Dutt is, hett he ok keen niege köfft. Wat nu? Wat nu?? Wat schall de Besök blots denken???
Klock acht steiht de Besök vör de Döör, nich fröher, nich later. He wickelt de Blomen ut un stickt sick dat grote Stück Poppeer in de Innentasch von sien Jack. Nu süht he ut as 'n oppumpten Hahn. Se pliert noch mol gau in den lütten Speegel vun ehr Puderdoos. Goot. Se bimmelt.
Binnen makt he de Döör op, buten se und he dat Muul un wiest de Tähn. Nu kümmt ok de Fruu vun binnen dorto, un all veer seggt nu dörchnanner, gegenanner un ananner vörbi: Guten

Abend auch – Ach, wie nett – Das hätte aber nicht nötig getan – Kommen Sie doch rein – Haben Sie auch hergefunden – Ja, da sind wir also – Nun mal rein in die Gute Stube – Nein, wie hübsch haben Sie es hier – Dankedanke – Wirklich – Obittedanke – Nein, also wirklich – Hahaha – Hehehe …
Wat denn noch kümmt, dat kennt Ji jo seker all – de neegste Besök.

Kott un bünnig

Naja, also is nu nich so, datt ick 'n echten Banausen, dat nu nich – nah dat Raseern fetz ick mi sachs 'n poor Druppen Prickelwater op miene Adonisflunsch, un op 'n Pund Mottenkiller ünner de Achseln kümmt mi dat ok nich op an; blots – wo ick jo nu 'n echtes Entwicklungsland bün, dat is bi dat Nagelsnieden, de Manicure. Dor bün ick Autodidakt sotoseggen, Sülvstversorger, Do-it-yourself-Snippler.
Nicks vunwegen riehläckst in 'n Stohl liggen un de Flossen op Urlaub schicken, smucke Lähdie an de Siet, de diene unegolen Baggerschüffeln mit Öl un Raspelpauer op Schick wetzt ...
Mutt ick leider mit leven, mit so 'n Defizit, denn dor heff ick eenfach keen Tiet för. Un denn heff ick dor ok Bammel vör, datt de Deern mit ehre gnadenlose Prozedur mi enerwegens rinfetzt ... Blootvergiftung ... Nootarzt – Sense.
Nee, lever nich.
Man adrett utsehn deit dat jo, allens wat recht is. Bewunner ick jo jümmers düsse Handmodels, vun de du inne Werbung jümmers blots de Griffel sühst – de hebbt Finger ... so echt ästhetisch, nich? Keen Nietnagel, keen Schiet ünnern Nagel, nich to lang, nich to kott, nich afgnabbelt – eenfach so as dat sien mutt.
Wieldess miene Nagels ...
Naja, jümmers noch beter as so 'n Pech, wat dat eerste Handmodel harr vör'n poordusend Johr – kennst doch seker, düsse »Venus vun Milo«, heet de, glööv ick – Eenmol nich richtig henkeeken, snippsnapp – beide Arms af! Tjä, dat kümmt dor denn bi rut, nich?
Ick jo blots mit de Fiel, nicks anners. Keen Scheer oder Biel, ok nich düsse Knipser, blots vorsichtig fielen ...

Klor, duurt jo sien Tiet, man is beter as 'n abben Arm.
Kannst aber nich allerwegens, ok wenn du jüst 'n Stunn nicks to doon ... inne Oper, mol seggen, Madame Butterfly is op de Bühn mit ehrn Harakiri innegang un du inne Loosch mit dien spitze Fiel – is instinktlos, sowat. Un hebbt womöglich vörnehme swatte Kledaschen an, de Lüüd, un du denn nah poor Stünnen bi dien 'n ekstotischen Applaus ... all de feinmohlten Fingernagels vun 'n Balkon rünner ...
Hett mien Lehrer domols ok jümmers seggt: Fühlt man sich so ganz allein, macht man seine Nägel rein!
Also nich in Gesellschaft.
An besten is, du hest Lüüs op 'n Kopp. Denn kratzt di soveel, datt de Fingernagels vun alleen – aber de feine Art is dat ok nich. Kannst eben nich allens hebben.

Pecunia non olet

De veel an de See is, weet, dat ’n de Möven nich truun kann. Jüst hest di noch an ehr Krieschen un dat nordseeliche Ambiente, as dat jo hüüt heet, delekteert, un miteens schitt di so’n Öös op’n Kopp. Wiel datt sowat op ’n Baffi jo nich so fein utsüht un de Empfänger mehrsdeels ’n beten suuer is, ward he denn dormit trööst, datt dat Glück bringt.
Wat dat stimmt, mit dat Glück, weet ick nich, man datt dat Lüüd gifft, de för so’n Talismann nich mol Möven bruukt, dor bün ick heel seker, denn ick bün een von düsse Typen. Egentlich schull ’n jo över so’n Beleevnis nich snacken, denn dat is blots för de annern to ’n Högen, un du sülvst stahst wütig dorbi. Man nu is dat al ’n poor Johr her, un wenn mi dat ok keen Glück brocht hett, so doch de Erkenntnis, datt ’n sick för allens Tiet nehmen mutt in ’t Leven.
Süh, un jüst de harr ick woll nich, an düssen Sommerdagmorgen op Sylt, denn wie wullen mit ’n Schipp nah Amrum röber. De Bus dee al vör de Döör töven, un in ’n lesten Ogenblick harr ick noch ’n minschliches Bedürfnis un pees to ’n Lokus. Müss veel fixer gahn düttmol as ick dat wennt weer, gau den Friesennerz an un rut to ’n Bus. Harr jüst noch klappt, Fohrschien harr ick al in de Tasch vun mien Regenmantel, den ick för de kotte Fohrt nah’n Haven gor nich eerst uttrecken dee.
An Bord seten wi buten, de Sünn füng an to schienen, nu kunn ick den Friesennerz uttrecken un mi in Jeans un T-Shirt an Deck aalen. De Möven krieschen, un enerwegens harr ick den Indruck, datt welk Lüüd ok ehrn Hund mit an Bord brocht harrn. Dütthalven bün ick lever ünner Deck gahn, denn op so’n Glücksboten weer ick nich spitz. In dat Restau-

rant dee ick mi inne Slang stellen, för Koffee un Koken. As noch dree, veer Lüüd vör mi stunnen, lang ick al mien nieges Ledderportemonnaie ut de Büxentasch, wat 'n tähmlich explosive Wirkung harr. Bit dorhen harr ick mi höögstens beten wunnert, datt ok 'n poor Hunnen ünner Deck sien müssen, womöglich sogor 'n lüttes Swien, man as ick mien Breeftasch vör mi in de Hand holl, dor rüük dat as harr ick 'n Schietammer utkippt. De Lüüd sünd rasant an de Sieden sprütt, un ick heff mit veel Möh noch stahmert: Düsse Möven, nee aber ok, so'n Schiet ... Denn bün ick för »Herren« peest.
As ick mi al dacht harr – dat weer keen Möövwest un ok keen akrobatischen Wauwi, nee, ick harr mi to 'n eersten Mol in öber föfftig Johren sülvst in de Tasch scheten.
Na, ick bün denn ut de Schlauchies jumpt, heff allens ut miene Taschen op de Auflaag öber dat Waschbecken packt, ok dat Geld, Utwiesen un Poppeern ut miene niege Breeftasch un heff mit veel Seep un Water Büxentasch un Portemonnaie wuschen, in Unnerbüx un Hemd.
Toeerst keem 'n wat öllern Kirl rin. As he mi 'n Teihn-Mark-Schien waschen seeg, dee he dörch de Tähn fleiten un is liesen wedder rut. As he mit sienen Fründ wedderkeem, weer ick jüst dorbi, mien Breeftasch aftospölen. Dat rüük, as stunn ick in 'ne Sickerkuul.
Dröff ick mol frogen, worüm Se hier in de Unnerbüx an't Geldwaschen sünd? see he, un sien Fründ bleev vorsichtig an de Dööör stahn.
Ick heff mi sülvst anscheten, anter ick, op Möven verlaat ick mi nich mehr. Un nu versök ick, sauber nah Amrum to kamen!
Nah teihn Schrecksekunnen hebbt se lacht as mall, un op Amrum hebbt wi to drütt 'n niege Büx köfft. As ick betohlen dee, meen de Verköper, bit nu harr he glöövt »pecunia non olet« – Geld stinkt nicht – man nu wüss he dat beter.

Üm een Hoor ...

Dat gifft jo Lüüd, de seggt, se köönt twee Stünnen Witze vertelln, ohn datt se ut de Puust kaamt un sünd denn also echte Marathonlopers op dat Rebeet vun den Frohsinn. Wat de, de jem dorbi tohört, ok ut de Puust kaamt, is 'n anner Fraag. Mit Witze is dat as mit Peper: toveel dorvun verdarvt dat Eten.
Man ok wenn du mit Witze heel sporsam ümgeihst, kannst du mennigmol Trabbl hebben, so as ick annerlest bi 't Inköpen in 'n grotes Kööphuus. Un dat keem so: Ick wull mi 'n Poor Strümp köpen un as ick de funnen harr, stell ick mi an de Kass an. Vör mi steiht 'n Fruu, de ok 'n Poor Herrensocken utsöcht harr. Se keek deepdenkern op dat Etikett un fröög de Daam an de Kass, wat dat woll angahn kunn, datt düsse kotten Strümp ok wiss Grött Veertig weern – wenn dat ok op dat Etikett stunn: Größe 36–40! Ja, see de Lähdie, steht da doch auf! Trotzdem, meen de Fruu, die sehn wahnsinnig kurz aus – daß die sich so dehnen sollen ... ick weiß nich ...
Süh, un nu keem ick op den dösigen Infall, 'n Witz to maken. Dat makt nicks, see ick, düsse Strümp gaht vörn so fix kaputt, datt de Grött keen Rull speelt, haha ...
Ick mutt jo togeven – de Witz weer nu nich so explosiv, man de Wirkung weer kolossal! De Kassenlähdie keek mi an as domols de Paster bi mien Kumfermatschoon, wo ick mi bi dat Obendmohl de falsche Tung – wat so 'n teihn Zentimeter langen Scherzartikel weer – vör 't Muul hangen harr.
Sssieh! föhr se mi an, was fällt Ihnen denn ein, hier zu behaupten, daß unsere Strümpfe nix taugen? Diese Marke trägt sogar Udo Jürgens! De Olsch keek mi so giftig an, datt ick heel dörchnanner keem. Tschulligung, stahmer ick, ick wull hier gor nicks gegen Udo Jürgens ...

Junger Mann, tipp mi 'n anner Fruu, de achter mi stunn, op de Schuller, wenn Sie mit fünfzig noch so blendend aussehen wollen wie Udo, denn ham Sie aber noch viel zu tun!
Nu is dat jo so, datt ick al öber föfftig bün, man de Situatschoon weer al so bedrohlich, datt mi keen niegen Witz mehr infallen wull, un ick bün denn lever gau in 'n tweeten Stock, to de Huusholtwaren, ohne Strümp. Köpen wull ick dor nicks mehr, blots wied weg vun de Strümp- un Udofetischisten.
In een vun de veelen Regen stunnen Pött un Pannen op de Regale. Ick bleev 'n Ogenblick stahn, üm mi een vun de Pannen antosehn, so'n Pann harr Ida al jümmers söcht. Wiel datt ick ohn Brill nich so nipp kieken kann, dee ick mi bücken. In düssen Ogenblick wöhl sick achter mi 'n Fruu vörbi un verhaak sick in mien 'n Regenschirm. In de Physik heet sowat »Hebelkraft«, un mit düsse »Hebelkraft« raak ick dree, veer Pött vun dat Regal.
Ick weet nich, wat mi 'n gröttern Schreck injoog – dat luude Scheppern vun de Pött oder datt dat wedder de Fruu mit de Strümp weer. Op jeden Fall keemen furts twee Verköperschen ansuust un tähmlich veel annere Lüüd.
Das's ja 'n Ding, see de Fruu to de Verköperschen, das 's der gleiche Typ wie vorhin unten – da wollt' er Löcher inne Strümpfe schneiden und hat sich über Udo Jürgens aufgeregt!
Ick heff wieldess de Pött wedder in 't Regal stellt, un de een Verköpersch hett jem penibel inspizeert. Un wiel datt se keen Schramm oder Buul harrn, hett mi de Daam blots streng ankeken un wat vun »Sabotage« sustert, un ick heff denn lever de Pann köfft.
Tohuus hett Ida sick wunnert öber de verkehrte Pann, denn düsse Grött harr se al, un ick schull ehr man wedder tuuschen.
Du – segg mol: kannst Du nich 'n Pann bruken? Ick laat se Di ok wat billiger!

Mannslüüd sünd anners …

Also dat eerste, wat ick elkeen Johr mit mienen niegen Daschenkalenner maak, is jo, dor de Geburtsdaag intodregen ut mienen Familien- un Bekanntenkring. Denn de Geburtsdaag sünd jo so'ne Art »Fierkorsett« för dat ganze Johr. Hest also all neeslang wat to'n Freien – un ok to'n Gruveln!

Denn mit de Geburtsdaag is dat jo so'n Saak … as Kind freit een sick dor jo op un denkt dor nich över nah, datt 'n wedder 'n Johr öller ward – un wenn doch, denn is ok dat 'n Grund to'n Freien. As junge Deern oder Jungkirl heet de Geburtsdagsfier denn Party oder Fete un is mehrsdeels ok 'n fidele Saak – dat Leven is jo noch so lang.

Man denn ward dat kritisch.

De Lähdies fangt dor mit an. Wenn se jüst lehrt hebbt, op ehre twee Beens to stahn, also so mit twintig, dörtig, denn fangt se an, undüütlich to snacken, wenn se nah ehr Öller frogt ward. Teihn Johr later snackt se gor nich mehr, dor kriegt se blots noch 'n böösartigen Funkelblick, un de Froger bitt sick lever de Tung af as nochmol allens Gode to'n Tweeunveertigsten to wünschen. Twüschen föfftig un sösstig hebbt de mehrsten Fruunslüüd 'n kumpletten Breakdown in jem ehr Rekenzentrum. Denn ward se Johr för Johr jünger un kööнt blots noch rückwarts tellen.

Dor sünd wi Mannslüüd heel anners.

As ick to'n Bispill teihn weer, wull ick partout so utsehn as weer ick veerteihn, denn ick harr keen Bock mehr op Kinnervörstellungen – »über 14« müss de Film tominnst sien.

Mit Sössteihn wull ick utsehn as Edward G. Robinson, de amerikaansche Kinogangster, un heff dütthalven Zigarren smökt un mi deepe Schrumpel ünner de Ogen reven; mit dör-

tig funn ick griese Dünnen – graue Schläfen – wohnsinnig interessant, mit veertig kümmt 'n Kirl langsom in de besten Johren, un wenn he föfftig ward, denn kriggt dat jedeneen to weten un mutt seggen, datt he em höögstens för … för … also doch tominnst för – man nu oppassen: Seggst du »för achunveertig«, denn is he di mucksch, seggst du »för achtundörtig«, denn ok, wiel datt he glöövt, du hollst em al för so senil, datt he dat nich markt, dien Överdrieven. Richtig spitz op ehr Öller sünd Mannslüüd mit sösstig. Denn speelt se Tennis, Golf und Errol Flynn un laat sick dor teihn Johr lang bi fotografeern. Bi jem heet sowat Midlaifkraisis, denn se föhlt sick echt in de Mitt vun ehr Leven, ok wenn annere sick böös verfehrt bi den Gedanken, dat stahlharte Geburtsdagskind kunn hunnerttwintig Johr old warrn.
Mit söbentig ward 'n Kirl »weise«, mit fiefunsöbentig fiert he sien Comeback as Don Juan, mit achtig vertellt he allerwegens, he is al negentig un ward gräsig fünsch, wenn dat een glöövt – segg mol: Is dat nu nich schön, datt wi so heel anners sünd?

Twiefel

Oh nee, dat is jo dat reine Martyrium, is dat jo! Jümmers blots so 'n weeken Slabberkraam eten, dor kummst jo vun de Fööt! Un is jo ok schaneerlich, wenn du – also nülich eerst wedder: Ick harr dor 'n Leesobend, un in de Paus geev dat fein wat to spachteln, un ick mi furts so 'n delikotes Smoltbroot angelt, biet dor rin un – denkst, di fohrt 'n Blitz dörch't Muul! Un dat allens blots wegen de twee lütten Löker, de ick in de Tähn heff – een op de linke, een op de rechte Siet. Tobieten kann ick blots noch vörn, un de Lüüd glöövt denn, ick bün 'n Mümmelmann.
Man denn – wenn ick mi utmol, wat bi 'n Tähnkieper wedder op mi tokümmt ... Dat Drama fangt al in 't Treppenhuus bi em an: Düsse Ruuch – gräsig! Twee Treppen hoog mutt ick stiegen mit den Ruuch in de Nees, un baben sitt denn de fründliche Deern, de mi angrient, as harr ick dat grote Loos wunnen! Keen Beduurn, keen Nicks! Stattsdess dröff ick in't Wartezimmer. Vun wieden hör ick den Düvelsbohrer singen, af un to »Nochmal spülen, bitte!«, un al neeslang kümmt 'n witten Minschen trüch, seggt keen Woort, langt sick sien Paletot un slickt mit dat grote Grugeln in de wieden Ogen wedder nah buten. Nah dusend Ewigkeiten ward de Döör fidel opreten un de witte Fee röppt: Herr Bärthel, bitte!
Exekutschoon. De Delinquent Bärthel wankt op maddelige Been to den Marterstohl. Henleggen – nich mol sitten kannst du dor, ok de leste Rest vun Minschenwürde geiht di fleiten – Poppeerserviett ward di vör de Gurgel bummelt, glieks ward de Henker sien Biel heven – dor kümmt he al: Mien Tähnknieper is 'n rejellen Smailieh. De lacht över allens. Miene Tähn hett he gor nich op de Reken.

Wo tut's denn weh? Ehr datt ick »Hier!« oder »Dor!« seggen kann, fuhrwarkt he ok al mit sien Fulteriesen in mien Muul rüm. He kloppt un stökert an Tähn rüm, de vörher nie nich weh doon hebbt, jo, vun de ick nich mol wüss, datt ick jem in 't Muul heff. Ennelk hett he dat Lock funnen. Siene Ogen strahlt: Ah ... aha ... ja ...
Ick gurgel ok wat vun »Ah ...«, man ick meen dat anners. In twee Minuten probeert he nu an de hunnert Stück Glitterwarktüüch ut, jüst wenn ick mi öber dat eene noog verfehrt heff, is dat neegste an de Reeg. Denn kümmt de Apokalypse – de Bohrer. In mien Snuut gurgelt un suutscht de Suughoken, de Bohrer kriescht mit tominnst hunnertdusend Umdrehungen in de Sekunn, ick stöhn: Aah ..., he antert häppieh: Ach ja?, bi lütten ligg ick op den Stohl as 'ne ägyptische Hockmumie, un ick seh ok wiss so malade ut, denn schall ick den Rest vun miene Tähn utspölen un treck dor teihn Meter lange Sabberfoden bi, de Hölpersch grient, de Dokter grient, un ick bün 'n poormol starven.
Geiht jo ok mit Sprütt. Dat is noch leger. Dor kumm ick mi vör as Schaschlik, blots datt ick dat denn ok noch mit ankieken mutt. Mol wull ick mi nah so 'ne Tortur mit Sprütt noch wat to 'n Slickern köpen un – ick weet ok nich, ick harr eenfach keen Geföhl mehr in de Tung, de Lippen, de Backen – also as ick so vör de Pralinen stunn, dor glubsch mi de Verköpersch jümmers so gediegen an, bit ick mitkreeg, datt ick dor an 't Säbern weer as 'n Bulldogg.
Minsch, wenn ick blots nich so 'n Bammel harr ... Also in 't neegste Leven much ick to geern Tähndokter warrn un denn eenmol – eenmol blots – mien 'n Tähnknieper as wehrlosen Patschenten ...

Bowle

Mit Henriette is dat allens anfungen. Ick weer dor woll so fiev, söss Johr old, un op miene Entdeckungsreisen dörch Schapp un Schuuvloden full mi Henriette in de Hannen, 'n grotmächtiges Kochbook; wi nömen dat Book so wegen de Verfasserin, de heet Henriette, jo, also – Henriette is nich so wichtig; wichtig is, datt in dat Book so 'n lütte Bowlenfibel leeg.
Süh, un de harr mi dat andoon!
Datt dat 'n Rezeptbook för Bowle weer, dat kunn ick to de Tiet jo noch nich lesen, man op de eerste Siet, dor weer so 'n lütten, fetten, nackten Macker, de lach vun een Ohr to 'n annern – mien Mudder sä, dat weer Bacchus, un he keek so besopen as Onkel Willi, to den mien Mudder aber blots Suupkopp sä un nich Bacchus, un dorbi swüng he 'n grotes Glas vull Bruus, wat gor keen Bruus weer – dat weer Bowle, sä mien Mudder. Un ick dach bi mi: Wenn du mol groot büst, denn so drinkst du ok jeden un jeden Dag so 'n groten Kübel vull Bowle un büst denn egolweg an't Lachen un happy, so as de lütte, fette Macker in dat Bowlenrezeptbook ...
As ick denn lesen kunn, dee ick mi bannig wunnern, ut wat 'n allens Bowle maken kann, also wenn dat nich 'n gesunden Sluck weer! Kunn een jo domols bi 'n Gröönhöker jümmers op de Tüten lesen: Esst mehr Früchte und Ihr bleibt gesund! Man in 'n Krieg geev dat jo keene Früchte, un so keem mien grote Bowlentiet denn eerst, as ick so söbenteihn, achteihn Johr old weer ...
Mien eerste Bowle weer mit Erdbeeren.
'n Fründ vun mi harr düsse Düvelsmixtur ansett, mit 'n halven Liter Rum – Versnitt vun'n Faß.
Ick harr echt Jieper op de feinen Erdbeeren un heff dor 'n

barg vun op nüchtern Magen fuddert. Nah teihn Minuten weer ick op 'n Trip, de mi meist in de ewigen Jagdgründe broch. Ick dee speen as 'n Geisir. As ick nah 'n poor Weken wedder beten klorer denken kunn, nähm ick mi vör, in Tokunft blots noch Bowle to drinken, de ick sülvst ansett heff!
Un dat hett sick verlohnt!
Mann, wat heff ick so mit de Johren allens utprobeert!
Klor ... Frünnen heff ick nu nich mehr; mien lesten Fründ is nah mien niege Bowlenkreatschoon »Swinging Füürdattel« as Entwicklungshölper in 'n südamerikanischen Urwald gahn; he meen, do harr he 'n gröttere Överlevensschangs –.
Na good – kannst eben nich allens hebben. Wenn dat ok 'n beten langwielig is, so ganz alleen to supen ...
Ida makt jo al lang nich mehr mit; un dorbi hett se nah mien Spezial-Bowle »Radieschenblitz« doch blots dree Weken to Bett legen, un kieken kann se ok al wedder ...
Nee, so rechten Jux makt mi de Bowlenpantscheree nich mehr –. Wenn ick so an fröher denk ...
Ernst sien Hochtied to'n Bispill, as nah mien pikante Gurkenbowle de sösstig Hochtiedsgäst twee Stünnen weg weern un denn mit niege Büxen un Kledaaschen wedderkemen!
Oder bi Guschi, den een Silvester, mit mien »Wermut-Terror à la Sauerampfer«, wo se al Klock teihn öbern Balkon hüngen un Guschie sien drüttes Gebiß op de Straat fullen is, jojo, dat weer noch wat, dor weer noch wat los!
Und dorbi is dat jo nu nich so, datt mi hüüt nicks mehr infallt!
Neenee!
Düsse Bowle hier, de ick nu to 'n eersten Mol versök, also dat is de af ... de afsluute S ... S ... Spitze is di dat! Ick warr ehr »Hexen-Trip« nöhmen, vunwegen de Zippel mit W ... mit W ... mit Wodka ...
Dat Ressept! Wullt du dat Ressept weten??

Paß op … eenfach W … Wodka in lütte Stücke snippeln, ’n halv Buddel Zippeln togeeten, anzünnen, un mit Schampanner wedder l … wedder l … wedder löschen … mußt mol versöken, du, kummst ut ’t Wunnern nich mehr rut, hehehe …

Alle Negen!

Joho, Witze maken – dat is eenfach! Dann kann ick ok! Man sick dor eernsthaftig mit afmarachen, dat 's 'n annern Snack. Heff ick fröher jo ok jümmers blots minnachtig grient öber düsse alberne Kegelee, un is jo egentlich ok keen Sinn in, nich? Ick meen, egolweg mit'n Kullermann de Kegel ümsmieten – wat schall dat? Un denn löppt de Kugel sogar noch op 'n Extrabahn, üm datt se ok man jo dor ankümmt, 'neem se henschall … för Kinner, dach ick, mienwegen. Man för grote Lüüd –?

Na, egol – dat 's nu vörbi. Un wenn mi noch mol een öber 'n Weg löppt, de wat minnachtig öber düssen edeln Spoort snackt, oha du, nich mit mi! Mit mi nich! Bün ick mien 'n Naver un sien Fruu richtig dankbor, datt ick ok dat noch beleven dröff. De twee sünd nämlich in 'n Kegelclub. Sühst jem aber sonst gor nich an, also datt se womöglich mit utrenkte Gorillaarms dörch de Gegend pennelt oder so. Süht ut as du un … goot, also as *du* nich – will hier jo nüms an de Farv kamen. De nu hebbt nülich Ida un mi in ehrn Kegelclub inlaadt.

Kegelbröders sünd 'n Afaart vun 'n Minschen, so 'ne Mutatschoon. Se leevt mehrsdeels ünner de Ehr, so as düsse Molocken in den Saienzfikschnroman vun de Tietmaschien. Se eet aber nu keene Minschen – dat nich, höchstens Suurfleesch mit Braatkantüffeln. Man dor kumm ick noch to. Wenn sick noog Kegelbröders un-süsters tosamenfunnen hebbt, geiht de Kegelobend los. Se treckt ehre Schöh ut un weeke Pantinen an. Denn sett se sick an 'n langen Disch, un de Spoort fangt an. Anfangen deit he mit 'n Ossensteertsupp oder Lütt un Lütt. Oder Currywuss mit Majo. Denn gaht de eersten twee Lüüd op de Kegelbohn un smiet flietig de Kugels weg. De annern Lüüd bestellt wieldess de Spieskoort rop und rünner, wo du an sehn kannst, wat dat för 'n anstrengenden Sport is – tominnst för den Kellner. Klor, bi 't eerste Mol kannst jo nich allens mitkriegen, man wenn all düchtig Holt tweismeten hebbt, denn ward afrekent, un ick glööv, dor gifft dat sogor 'n Regel för – de abers woll blots de Kassierer kennt. Hest du op een Slag all negen Kegel ümhaut, denn köst dat wat. Hest du nicks drapen, köst dat ok wat. För allens, wat dor twüschen liggt, betohlst du, un wenn du gor nich eerst hengeihst to 'n Kegeln, ward dat ok nich billiger, denn warst du verdunnert, Strafe to blechen. Kegeln is also so 'n Aart Stüür för Masochisten. So üm un bi all söbenunhalv Minuten dröppt dat een, de denn 'n Laag utgeven mutt. Worüm, weet he nich, un nah de veerte Laag kann he dor ok nich mehr öber nahdenken. Is de Kööm serveert, denn steiht de plietscheste Dutt vun den ganzen Club op un seggt eernsthaftig: Schon wieder steht ein Getränk vor uns! Dor hett he denn jo recht mit, un denn sluukt se all hektisch un seggt in 'n Chor: Schmeckt guut! Schmeckt guut! Schmeckt guut! Ick mutt jo togeven – 'n beten unheemlich is dat schon, 'n Bangbüx dröffst dor nich sien. Al mol gor nich, wenn denn dat Suurfleesch mit Braatkantüffeln kümmt. Enerwegens mutt de Kegelsmieteree woll ok de binnersten Organe verännert hebben, denn in so kotte Tiet so veel un gau to drinken un to spachteln, dat 's nich normal, dücht mi. För 't Kegeln bruukst du eben 'n starke Konditschoon. Wenn de kommodige Kegelobend toenn geiht, versöcht de Bröders un Süsters optostahn, denn dat gellt as goden Stil, de Reken in 't Stahn antonehmen. Poor vun jem fallt twars wedder üm, wenn se markt, wat se betohlen schüllt, man de Rest vun de Molocken klattert denn rop an de Eer un glöövt, se fohrt nahuus.

So kümmt dat, dat in 'n Kegelclub jümmers mol wedder 'n Platz free ward …

Rutflagen ut dat Paradies

Nich datt ick nu 'n Gourmet bün, man datt ick richtig fanatisch rinhau, wenn dat bi uns Steckröven un Pudding gifft, kann ick ok nich seggen. Man ick heff nu rutfunnen, dat liggt nich an de Steckröven un den Vanillepudding un ok nich dor an, datt Ida nich goot – also dat mol gor nich, op keenen Fall! Neenee, dat hangt mehr mit de lukullische Woortwahl tosamen; eenfach: Steckröven un achteran Pudding – dor japst dien Magen sick doch furts in'n Slaap!
Un as dat annerlest denn so wedder so'ne Rövenorgie bi uns geven schull, heff ick still un bescheden – du kennst mi jo – also heff ick Ida liesen dor op henwiest, datt se ok so'n simpel Eten villicht mol mit 'n beten Pep ...
Du – lever sett ick mi 'n Hoot vun de Simonis op, dat is nich halv so riskant! Un ehr datt se mi de Steckrööv an 'n Baffi knall – un de weer jo noch nich mol kokt! – dor heff ick ehr gau 'n Exempel geven, wo sick so'n Mampfdelikt nämlich hüüt in 'n tweesternigen Nobelschuppen anhört:
»Zarte holsteiner Sommerrübchen im Koriandersud am italienischen Kräutergärtchen unter exotischem Curry-Top; dazu gratinierte Pferderippchen – nee, Momang: Pfefferrippchen in Weinschaum und glasierte Erdäpfel aus Frühtauernte; Dessert: Cremeglöckchen unter einen Früchtehimmel aus frischen Waldhimbeeren mit einem Hauch Champagnerseligkeit ...«
Bit dorhen bün ick kamen. Un de Steckrööv hett mi ok nich drapen, denn bücken kann ick mi noch fix.
Man dat Meddageten warr ick nie nich vergeten. Wat dor vör mi op 'n Teller leeg, dat seeg meist ut, as wenn dat 'n Besopenen dorhen ... versteihst du ... Un denn noch gefroren! Un dorto Ida:

»Der Herr haben gewählt – unsere Sinfonie aus dem Steinofen: Erntefrische Champignons in der Tomatenstaude an einer italienischen Wurtscreation vom Buchenholzstrauch; über allem der Hauch des Orients von Lecithin, Emulgator, Nitritpökelsalz und Hefe – da, hau weg, den Papps! Optauen kannst di de Pizza in 'n Magen!«

Danz-Riskanz

Is doch albern, düsse gestailte Hopseree, de du so in Telewischn sühst, wenn dor'n grotes Danzturnier mit Frack un Grinspüppis – is doch keen Leven in! Allens instudeert, hundertdusend Mol proovt – höögstens datt mol twee Poore mit Caracho tegenannerditscht, un denn dat starre Grienen, mit dat se achteran wiederhumpelt, also dat finn ick staahk!
Man anners ... Dor is so'n simpel Danzvergnögen doch 'n annern Snack! Füürwehrball, Wiehnachtsparty oder Vereensjubileum – du, dor geit de Post aber af!
Annerlest schull ick op 'n Festivität wat vertelln un töövnoch 'n Ogenblick in dat Foyer; dorbi kunn ick mi an 'n Ballpläseer delekteern, dat in'n annern Saal innegang weer. Heel junge Lüüd, Middelöller un ok de »Reifere Jugend« weern dor an't Schwofen; dat Dree-Mann-Orchester mit Trummel, Keyboard un Süüfzvigelien harr mit all de Boxen un Strippen 'n Sound as twee Big Bands; bi Tschumbadada! jodel de Klöppel-Caruso häppieh »Es geht mir gut! Es geht mir gut«, un ick kunn mol so richtig beleeven, wat dat Danzen ut de Minschen makt, wenn se dröfft as se köönt un so köönt as se wullt.
De jungen Hoppers ut de Danzschool harrn noch nich so recht to sick sülvst funnen; jem steken noch düsse afsoluut beschüürten Zuckungen in de Arms, de blots to een passen doot, de jüst an't Versupen is oder sick in de Badewann föhnt. Man bi de wat öllern, dor kunnst du marken, wat Persönlichkeit, Erfohrung und Kreativität utmakt! Dor gifft dat welk, de hebbt man blots een Wesselschritt op Lager, man wat se dor denn mit anfangt – Wahnsinn!
Walzer, Tango, Polka, Boogie – wer Boogie tanzt im Polkaschritt, der singt auch Heinos Lieder mit – , Rock un Rhum-

ba – keen Problem! Se laat de Lähdie sick dreihn as 'ne knille Ballerina – vör sick, achter sick, mit een Hand, mit twee Hannen, mit ohne Hannen, un wenn de deegte Madam al 'n beten statisch is, denn flitzt se eben üm ehr rüm; de heel Souveränen smitt de Daam sogor 'n poor Meter wied weg, un so hört se den Danz mennigmol mit 'n annere Lähdie op as se anfungen hebbt.
Blots bi de wilden Jumpers muttst di wohrschuun: Wenn de op dat Parkett rünnerkracht, denn treck aber diene Fööt an Land! Ick heff mol 'n Poor beleevt, de harrn in dree Minuten fiev frömde Pumps, twee grote Tehn, 'n niege Büx un söss Glöös mitsamts Buddel un Kellner op ehr Konto.
Dat is doch noch Leven – vull Spannung, Gefohr un Överraschung!

Hailaif in de Wann

Naja, in 'n Film, dat jo ... oder datt de groten Stars in Hollywood dat makt – kann ick verstahn. Man datt ok heel normale Lüüd sick an sowat delekteert, dat har ick nich glöövt! Un ick heff denn ok eerstmol nahfragt, wat dat woll 'n Utstellungsstück weer, oder op Bestellung vun so 'n Ölmulti, aber nee: Weer gor nicks Besünners, meen de Verköper, un üm dat ok dütlich to maken, verklor he mi, dat sogor de – man dat blifft ünner uns, nich – datt sogor de Afteeker an de Eck, vör twee Johren, as he sien nieges Huus buun dee ... also hett he doch wiss un wohrhaftig de för twee Personen nahmen, tjäwoll!
Düvel, wunner ick mi, dat brede Ding! Hett he denn so 'n grote Badekammer?
Jo, meen de Verköper, mit alle Schikanen, sogor mit Wörleffekt! Un de un de Politiker harr wiss un wohrhaftig de Eckbadewann bestellt, nu kümmst du!
Ick weer baff. Un ick kunn marken, datt ick vun de Badekultur afsluut keen Ahnung harr.
Ick heff dor denn noch allens penibel ankeken, un du glöövst jo nich, wat dat op dütt Rebeet allens gifft! Güllen Waterhahn is meist al wat ordinär, 'n runde Badewann gefull mi veel beter, un gifft ok welk mit Trepp binnen, un annere, de ... na, op jeden Fall: Wi mööt jo op 'n Teppich blieven, un ick nehm mi vör, eerstmol lütt antofangen mit dat Hailaif in mien Badekamer. Bi de Null-acht-foffteihn-Wann kunn ick nicks bi maken, man ick heff mi so 'n elegant Tablett köfft, wat du links un rechts över den Wannenrand hangen kannst, för den Fall, datt du bi 't Waterspaddeln mit Schampanjer gurgeln wullt. Süh, dat weer doch al wat!

Heff aber nicks seggt dorvun tohuus, denn Ida kann in so 'n Fall tähmlich dösig frogen –.

Denn heff ick töövt, bit mol nüms vun mien Familie dor weer: an 'n Sünnobendobend, Ida weer in de Oper un de Jungs harrn sick ok för 'n ganzen Obend afmellt. Wunnerbor! Ick heff uns lütten Televischn in de Badekammer opstellt, heel in de annere Eck, vunwegen de Gefohr, also datt ick nu nich 'n Slag in de Wann un so, denn heff ick 'n Buddel Schampus opmakt, dat Tablett op de Wann stellt, babenop de Buddel, Glas, 'n Teller mit 'n Schiev Toast un 'n lüürlütten Pott mit Kaviar – 'n Schiev Zitroon nich to vergeten. Klor, datt ick den Happen Kaviar in 'n grote Schöttel mit Ies packt harr – wenn al Hailaif, denn ok richtig. Un 'n langen Breef, den ick kregen harr un den ick nu kommodig lesen wull. So, ick föhl mi meist so 'n beten as de Dschäii – Aah ut Dallas, sowat vun Stil! Water inlopen laten, beten Snupperschuum dorto, uttrecken un denn vörsichtig in de Wann stiegen ... aah! Hährlich!

Jüst as ick mi so riehläckst in de Wann utstrecken wull, bimmel buten dat Telefon.

Egentlich heff ick mi gor nich so dull verfehrt, bün blots beten mit de Knee an dat Tablett stött ... Du glöövst jo nich, wat dat för 'n Schock is, wenn du in warm Water liggst un denn kolle Iesklüten op 'n Buuk kriggst! Un buten dat nervige Telefon.

Ick mutt mi denn woll 'n beten hektisch röhrt hebben, denn to 'n eersten Mol in mien Leven dee ick nu in Schampanjer baden, wenn ok stark verdünnt. Mit de swatten Kaviarkullermänner harr ick nich veel Glück, de swutschten mi jümmers twüschen de Finger dörch. Un dat Telefon bimmel. Den Breef kunn ick nich so gau wedderfinnen, bi all den Schuum in de Wann, in 't Televischn süng 'n starken Typ wat vun coolblieven, un op miene natten Fööt bün ick noch den Rest vun de Trepp daalglitscht.

An 't Telefon weer Ida, se wull blots weten, wat de Backoven ok utstellt weer. Vun mien Hailaifbeleevnis heff ick ehr nicks vertellt, blots annerdags funn Ida in den Waschlappen noch ’n beten Kaviar un labert mi nu egolweg de Ohren vull, vunwegen de Orgien, de ick fier, wenn se weg is: Oder glaupzu, durche Wasserleitung schwimmen bei uns Lachse?

Pannkoken-Drama

Ick weet ok nich, wo dat an liggt – man wenn ick wat Egenartiges beleev, denn hangt dat enerwegens meist jümmers mit Eten tosamen, ok wenn dat toeerst gor nich so utsüht. To 'n Bispill nülich, as mien Fründ Kurt bi uns weer, dor weern wi to'n Sluss so in de ... nee, ick will doch mol vun vörn anfangen – also Kurt, nich, dat is 'n afsluut eernsthaftigen Minschen, he is 'n »Gelegenheitsbebilderer«, as he sick sülven nöömt, dat heet, he is Moler un Illustrater, un wenn he 'n Schipp süht, denn fangt em de Hannen an to tattern. So dull is denn de Kunst in em an 't Brodeln. Also de keem nu to mi, wi harrn wat to besnacken över 'n Utstellung vun em. He keem nahmeddags, un in de Nacht hebbt wi em wedder wegkoort. Man sowiet sünd wi jo noch nich. Bit tegen Söss hebbt wi deepdenkern diskureert un denn, blots wiel datt uns vun dat Sabbeln dat Muul so dröög wurr, 'n lütt Buddel Beer gluckert, blots een. Nu is dat jo so – as Gastgever hest du jo ok so 'n Art Verantwortung för dien'n Gast, un dat kunn jo ween, he harr noch nicks in 'n Mogen – dor is al so 'n lütte Buddel Beer dat reine Gift denn! Man goot, datt ick em frogt harr, denn morgens harr he tolest wat eten.

Na, veel Tiet bleev uns jo nich, un dor harr ick den grandiosen Infall, fix 'n poor Kantüffelpannkoken to broden – sowat is jo 'n Klacks. Kurt keek mi 'n beten unseker an, denn miene lukullischen Talente kennt he noch nich. Un as ick al seggt harr – miteens weern twee Packungen Kantüffelpannkokenmehl in Water oplöst, twee Eier dorto, twee Zippeln, Smolt in de Pann, un los güng dat Vergnögen. De eersten Pannkoken weern bruun un kross, so recht wat to 'n Delekteern.

Bi Kantüffelpuffers is dat an besten, wenn du twee Pannen in

Gang hest, anners duuert dat so lang. Dat full mi noch bitieden in, un as Ida so Klock söben nah Huus keem, kunn se uns toeerst blots an de Stimmen erkennen, so vull Qualm weer de Kööк.
Ick weet nich, wat du dat kennst – man wenn een eerst beten later op 'n Party kümmt, denn fallt em dat meisttieds 'n beten swoor, glieks in Swung to kamen. Dat wüss Kurt, denn he is 'n clevern Macker, un he hett Ida in teihn Minuten den Kööm inschenkt, den wi in de lest Stünn al kippt harrn – Kantüffelpannkoken makt nu mol gräsigen Dost. To drütt makt Wettsmieten ok veel mehr Spoß, sünnerlich wenn de Frunslüüd glövt, allens beter to könen. Ida meen jo eerst, mit dree Pannkoken geiht dat nich, se kennt da blots mit een Pannkoken, man Kurt holl sick mit so 'n Kinnerkroom nich lang op, he wull dat driest mit veer versöken. Dat Dösige weer blots, datt Kantüffelpannkoken in veel Fett backt ward, un he füng denn woll de veer Dinger wedder op, man dat Fett nich. Dor kunn ick dat al beter – ick füng dat Smolt fein wedder op, blots de Pannkoken kunnen wi nich so gau wedderfinnen. Nu weer Ida an de Reeg. Se dee dat mit 'n viegelinschen Schisslaweng un smeet de ganze Pann in de Luft. To Schoden is dor aber nüms bi kamen.
Denn hebbt wi anfungen to singen – bi jeden Pannkoken een Leed. De keen Leed wüss, müss 'n Kööm drinken. Kurt dee man grood een Leed kennen, denn Molers singt woll nich so veel. So keem dat, datt jümmers een vun uns em op sien 'n Hocker fastholln müss, anners weer he ümkippt – un de Footbodden vull Smolt weer jo nich good för sien Büx. Sien Jakkett weer al 'n beten lädeert vun de fiev Pankonen, de he sick in de Tasch steken harr, he meen, de smeckt ok kold noch.
As wi veertig Kantüffelpannkoken backt harrn, weer dat Smolt op 'n Rest un de Kööm ok. Vörsichtig sünd wi ut de Köök rutgahn, man Kurt is to 'n Sluss denn doch noch utglitscht. Bit halvig twölf hebbt wi brukt, üm em mit gode

Wöör un ’n twee Buddel Sekt tominnst moralisch wedder optorichten. Körperlich güng dat nich mehr. Denn hebbt wi em in ’n Wagen leggt un mien Öllsten, de nu gottloov nah Huus keem, hett em wegbrocht.
Also – Kantüffelpannkoken eet ick so gau nich wedder; ick glööv, de kann ick nich mehr good af …

Liebe

Blutrot ging die Sonne hinter dem Wäldchen auf. Die Vöglein jauchzten hell in den Lüften, und ein sanfter Wind umspielte das liebliche Antlitz Claudia von Altenburgs. Sinnend stand sie am Wiesenrain und lauschte den Vöglein, die hell in den ..., ach so, nee, das war ja eben schon ...
Nein, jetzt hört sie Schritte: Hinter ihr, durchs Unterholz, bahnte sich Martin, der Gutsverwalter, seinen Weg. Er war ein Bild von einem Mann, braungebrannt, mit blitzenden Ohren ... Augen – mit blitzenden Augen. Mit zwei federnden Schritten war er bei ihr, zog die nur leise Widerstrebende an sich und küßte sie herzhaft aufs Kinn, denn mittlerweile versank er vor ihr in einem Moorloch.
Claudia! flüsterte er ihr nun zärtlich in die Achsel, wenn ich bei dir bin, versinkt alles um mich herum!
Du Dummerle, hauchte sie über ihn hinweg, sieh doch nur die Blumen und Gräser – nichts versinkt hier, nur du!
Du meine Gürtelrose! stammelte er, denn nunmehr standen sie sich Auge in Gürtel gegenüber.
Leicht strich ihm Claudia übers Haar: Was soll nur aus uns werden? Traurig schaute sie auf ihn hinab, in ihren Augen glänzten 2 ½ Tränen. Gestern abend noch hast du mir geschworen, um meine Hand anzuhalten, und wenn wir jetzt noch fünf Minuten warten, wirst du dich mit meinen Füßen begnügen müssen, ach, Martin ...
Leise schluchzte eine späte Nachtigall und auch Martin schluchzte auf tiefster Seele, als er an den Knien siener Herrin vorüberglitt.
Dieses Grübchen murmelte er, wie hab ich sie geliebt ...
Claudia fröstelte. Es ist noch kühl hier heraußen, sagte sie.

Martin zog geschwind sein Wams aus, und das war auch gut so, denn Moorwasser macht böse Flecken. Hier, rief er mit warmer Stimme fürsorglich zu ihr empor, leg es dir um, ich brauch es nicht mehr ... bald ...
Nun beugte sich Claudia zu ihm nieder. Wirst du auch immer an mich denken? fragte sie, und wieder sah er beglückt das schelmische Lächeln auf ihrem Antlitz, jenes Lächeln, das sein Herz so erwärmte, daß um ihn herum das glucksende Moor leise zu brodeln begann.
Auch wenn du mich bald nicht mehr sehen wirst? Man sagt ja: Aus den Augen, aus dem Sinn! Doch Martin schüttelte trotzig und schon etwas feucht und mühsam sien Haupt: Nie! gurgelte er fest. Lieber wollt' ich im Erdboden versinken, als ... achso, das tu ich ja schon ... gleichwohl: Nie, hörst du, nie ...
Mehr war ihm nicht vergönnt zu sagen.
Ach, seufzte Claudia, als seine Blondhaare ihren Blicken entschwanden, ein Löckchen hätt ich schon gern noch als Andenken gehabt ...
Und die Moral von der Geschicht: Beim Rendezvous im Moor vergiß die Schere nicht!

Püschologie

Jo klor, dat gifft je veele dicke Böker öber Minschen un wo se sick bedregen doot in de ünnerscheedlichsten Situaschoonen, öber ehre Egenorten, de goden un de slechten, man wenn ick mi dat recht bedenken do, denn brukt een düsse Böker gor nich to lesen, wenn 'n de Minschen kennenlehren will – dat eenzig, wat he doon mutt, is, sick mol an 'n kolles Büffet to stellen. Is sotosegen 'n Intensivkursus in Püschologie, den du denn avsolveerst.

Op uns lest Urlaubsfohrt nah England wullen Ida un ick mol fein spachteln gahn op dat Fährschipp un sün op dat Restaurant losstüürt, 'neem 'n kolles Büffet opbuut weer. Vör 'n Ingang stunnen so an de veertig, föfftig Minschen – dat heet, tominnst von 'n wieden segen se so ut; as wi wat neger ran keemen, full uns op, datt 'n sünnerbor Verwannlung mit jem passeer: De ganz achtern in de Slang stunnen, parleeren noch fidel – se kunnen dat Büffet nämlich noch nich sehn. Beten wieder vörn wurrn se al wat liesen un keken tähmlich stief nah'n Ingang hen, leeg so 'n Art Spannung in de Luft, as op'n Sportplatz, vör 'n Hunnertmeterloop. Vörn an 'n Ingang denn, vör de Kass – dat lange Büffet leeg nu al in sien ganze Pracht vör jem – dor kunnst jem meist nich wedderkennen: Se trocken nervös de Lippen rop und rünner, een füng al apartig an to säbern, 'n vörnehm Lady snapp nah Luft as 'n Fisch op Land, un all drängeln se mit stieren un feverigen Blick nah de lukullische Orgie op de Kass to, betohlen as in Trance, un du kunnst meist glöven, se wurrn sick glieks mit'n Hechtsprung mang de Höhnerbeen un Salote flenzen un mit de bloßen Finger allens in sich rinstoppen.

Man deep binnen harrn woll doch noch 'n lüürlütten Rest vun

Benimmdi un langen sick denn mit Flatterhannen 'n groten Teller, Gobel un Meß. Aber denn! Mi dücht, de mehrsten vun jem harrn tolest Wiehnachten wat to fuddern kregen – se keemen mi vör as düsse indische Göttin mit de veelen Arms oder as Polypen in Äkschn; se snippeln, harken, schüffeln un kratzen op de Platten un Tellern rüm un harrn jo woll all 'n Magen ut Isen: Fetten Aal, Schaschlik, Käs, Muscheln, Arften, Mayonnais. Kantüffeln, Braten, Sooß, Mixed Pickles, Druven und Melonen – allens rop dormit un gau weg mit de fiev Pund op 'n Teller; kunn jo een kamen un jem dat wedder wegnehmen! Denn kauen un slöken se wütig op los, keken twüschendörch hektisch wedder op de emsige Baggerkompanie an dat Büffet, un denn – seten se op mol still.
Denn op de linke Siet plier de gröne See to 'n Finster rin.
Ogenblick later op de rechte.
Denn wedder op de linke.
An den een'n Disch lett de eerste kraftlos de Gobel fallen. Vun 'n Chamäleon kennt wi dat jo, datt dat miteens de Farv wesseln kann, bi'n Minschen is mi dat noch nie nich so opfullen. Dat rosige Sluckwunner weer vun een Sekunn op de annere witt üm de Nees un kreeg denn langsom so 'n feine gröne Klöör in't Gesicht, datt du meenen kunnst, he keem vun annern Stern. He keek noch twee-, dreemol to dat wunnerbore Seepanorama an de linke un rechte Siet, un denn slöög he gau de Hand vör'n Mund, as harr he wat seggt, dat he beter för sick behollen wull. Man wat he för sick behollen wull, dat weern wiss keen Wöör, denn de sickert jo nich mang de Finger dörch, nich? He jump hoch un pees mit grote Ogen – nu harr he al twee Hannen vör't Muul – nah buten.
Dat weer dat Startsignol för de annern. As op Kommando stunnen överall gröne Lüüd op, all mit de sülvigen ruckartigen Bewegungen, un denn nicks as rut.
Op mol weer fein Platz in den Sool.
Keeneen stunn mehr üm de kollen Platten rüm, un Ida un ick

– wi ward jo nich so licht seekrank – hebbt uns vörnehm un sinnig delekteert, stünnenlang. Ennlich bruken wi mol keen Angst to hebben, datt uns een de besten Stücke vör de Nees wegsnappt.
Un so sorgt wi denn dorför, datt de ahnungslose Macker, de sick so siene Gedanken makt öber Haie üm't kolle Büffet, denn seggen kann: Gottlov – tominnst twee anstännige Minschen!
Bloots tohuus besöken dröff he uns nich, denn geiht em sien Weltbild wedder in de Binsen.

Problemlösung

Dor kannst du seggen, wat du wullt – dat is 'n Problem! Klor, morgens sünd Probleme so un so jümmers grötter, man liekers: Wenn du freedfardig an'n Disch sittst, nicks Leges in'n Sinn hest – tominnst noch nich so düütlich – denn dröppt di dat doch afsluut wehrlos! Un dorbi weer dat nu wiss un wohrhaftig nich nödig, sowat!

Ick heff dat Ida al dusendmol seggt, datt ick de ... oder beter: datt se doch bittesehr de ...

Nee, Ogenblick, nich datt du nu denkst, ick bün 'n Rappelkopp, neenee, ick will di dat mol echt sutje, versteihst du, so richtig mit binnerste Distanz will ick di dat mol verkloren, worüm ick morgens jümmers ...

Oh, wat kann ick mi blots argern! Statts datt se dat mol mit de nödige Akkuratesse – abers nee! Blots mit höhnische Bemerkungen, vunwegen: Wat ick mit dat Fröhstücksei mak, dat weer keen Fröhstücken – dat weer 'n Happening! Dor kunn Loriot mit sien Nudel op de Nees aber inpacken ...

Ick bliev jo cool denn.

»Wenn du dat Ei nich richtig afschreckst, denn is dat keen Wunner, wenn dat an de Schaal klevt un ick de Schalensplitter ...«

Un ick fingereer ut den Glubber op mien'n Lepel vörsichtig söben – söben! – Splitter rut, de denn an miene Finger backt; dat Eigeel drüppelt op'n Disch, de Matsch rutscht achteran, un Ida kiekt richtig mit Interesse to.

»Du schreckst de Eier nich kold noog af!« segg ick. »Dor nützt dat gor nicks, wenn du de stünnenlang ünner lauwarm Water hollst!«

Ida treckt de Ogenbruun hoog un pliert mi deepeernst an.

»Dat is dat sülvige as wenn ick morgens ünner de Duusch stah un Wesselbäder mak, üm datt mien Kreislauf – dat mutt denn ok richtig kold sien, anners hett dat keen Sinn!«
»Tjä«, grient Ida, »denn nimmst morgen früh einfach die Eier mit in die Dusche, nich?«
Dor full mi jo twars furts 'n kolossol witzige Antwoort op in, man hier geiht dat nich üm billige Jokes, hier geiht dat üm … üm essentielle … äh, üm Problemlösungen …
Ida langt sick dat Ei, dreiht ehren Lepel eenmol rüm un sluukt allens rünner. »So«, seggt se, »Problem gelöst. Un morgen schreck ich die Eier mit'n Foto von dir ab – soss mah sehn: Denn falln die von selps ausse Schale …«

Ssiekrittssörwiss

Dat mit de Scheckkoort heff ick jo nu begrepen, datt 'n de nich tosamen mit de Schecks opbewohren dröff; denn hebbt de Ganoven dat nämlich to licht, un de Bank is buten vör, wenn se dien Konto plünnert hebbt. Möglichst wied utnanner deponeern – mol seggen, de Koort op'n Lokus un de Schecks an't Lief; wenn de denn tosamenkaamt, hest du jo de Döör achter di afsluten, un de Langfingers hebbt keen Schangs. Blots Geld kriggst denn keens, denn jümers 'n Lokus mit sick rümsleppen – ick weet nich. Un dien Pin-Nummer dröffst op keenen Fall opschrieven – tominnst nich dor, wo du ehr lesen kannst, wenn du ehr mol wedder vergittst. Höögstens bi Goethe, Band ölben, Siet tweehunnertdörteihn. Un söken deist du denn 'n halv Johr lang bi Schiller.
Also ick heff mi dor jo richtig Möh mit geven un mi extra stünnenlang 'n egen Code uttüftelt, mit den ick miene Pin-Nummer afsluut unknackbor för de Banausen verännert heff. In mienen Daschenkalenner stunn denn so statts »Hermann – Pin-Nummer – twee-acht-dree-söben« eenfach blots »Vietnam – Bambi – Upgirl – teihnteihn«.
Staahk, nich?
Denn dat »nam« ut »Vietnam« is jo de tweete Deel vun »Hermann« – un dat ok noch vun achtern! – un »Bambi« is eben 'n Reh, nich, vun achtern heet dat denn »Her«; tosamen also »Hermann«. Statts »Pin« heff ick plietsch dat »Upgirl« vun »Pinupgirl« nahmen, un »teihn-teihn«, dat weer den twee un acht un dree un söben.
Dat weer leider 'n Swachpunkt in mienen Ganoven-Bluff, denn veer un söss is ok teihn, un fiev und fiev ok un so wieder. All neeslang bleev mien Koort in den Automaten steken. Un

wenn ick denn binnen in de Bank reklameern wull un dor wat vun Vietnam, Bambi un Upgirl laber, stunnen furts 'poor Jungs vun dat MEK üm mi rüm.
Also ick heff mi de Nummer denn ünner mienen linken Foot tätoweern laten.
Man jümmers mien Foot op den Schaltertresen heven – licht is dat nich!

Osterzauber

Also wenn meine Frau Ostern wieder wie Dschäi-Aah jucht, denn weiß ich, sie hat sich wieder 'n neues Versteck ausgeknobelt! Kannz echt verrückt bei wern. Bloß mah letzten Ostern: Sie immer mit ihrn »Warm ... wärmer ... heiß ... ganz heiß ...« – bis ich zuletzt inne Katzentoilette zugange war! Mah ehrlich – kannz doch nich mit rechnen, mit sowas! Un war denn auch bloß 'n Zettel in mit: Glaubst du wirklich, ich versteck hier Ostereier?
Och, un denn ja die Sache mit den Gardinenbrett: Kenn ich ja schon – egalweg sind auf 'n Gardinenbrett die schönsten Eier! Wo du da so schwer ankommps. Ich also lässig aufn Stuhl und bloß so, ohne Hingucken, mit de Hände oben längsfahrn. Eier warn diesmal keine darauf, aber 'n kleinen Kaktus. Bin ich vor Schreck von'n Stuhl gefallen, un Gardinenbrett liegt jetzt noch in 'n Keller.
Un denn ärger ich mich ja immer über die Schieleheier untern Sofakissen. Ich mein, wenn ich Schielehpfannkuchen will, brauch ich ja nich bis Ostern warten, nich?
Auch die rohen Hühnereier oben auffe Türkante fint ich bescheuert. Wenn ich in meine ungebremste Osterlust rein in de Stube – sach selps: Denn könn'n wir ja auch gleich mit Torten werfen!
Kannz aber auch viel Jux ham, mit diese lustigen Osterbräuche. Kennz doch die Schokoladenhasen, nich? Happich früher mah ein davon meine Freundin zu Ostern – aber natürlich vorher von unten mit Gips voll bis zun Kragen ... War stark beglückt, die Lähdie, dacht wohl, is massiv aus Schokolade, vonwegen daß der Kollege so schwer war, und hat ihn denn zu Hause ihre Mutter geschenkt –. Auf jeden Fall: Den Tag nach

Ostern ein Ärger, sag ich dir! Die alte Dame an 'n Telefon mit ihre wütige Piepsstimme, daß sie ihr neues Gebiß aber auf meine Kosten und so …

Naja, 'n wahnsinnig komischen Brauch is ja auch das Osterfeuer … Als Kinder ham wir mah eins in 'n Treppenhaus gemacht, weil – draußen war so viel Wind, und Egon hatte nur zwei Streichhölzer. Sind denn auch alle Nachbarn mitgesprungen durchas Osterfeuer, sogar der dicke Peters, der dabei noch sein'n einen Pantoffel verloren hat, und sein Nachthemd war auch büschen angesengelt … Aber Egon sein Vater, der Steuerberater war, hat denn wild rumgelöscht wegen de zwei dicken Aktenordner von seine Kunden, die Egon ja sozusagen als Dauerbrenner gedacht hatte …

Kann ich also sagen: Ostern is echt was für aktive Typen, und schließ ich denn mit de geflügelten Worte von unsen großen deutschen Dichter:

Wer wühlet so früh durch Schrank und Spind?
Es ist der Vater ohne Kind.
Es streckt nach Eiern sich sein Arm
und ihm ist sicher schon recht warm.
Jetzt hat er kein'n Bock mehr, verzieht sein Gesicht:
Ihr Pfeifen! Mit Mottenkugeln – gildet nich!

Passport, bitte!

Hehe, dor kannst 'n ganze Party mit ünnerholln, wenn du mitteens dien ollen Passport ruthalst un de Lüüd mol wiest, wo du vör mehr as teihn Johren utsehn hest! Dör föhlt sick de annern denn fix anreegt un langt ok furts in de Breeftasch un präsenteert jem ehre Passfotos. Gifft echt Stimmung, un jedeneen freit sick, datt he hüüt nich mehr so beschüürt kiekt as domols – jo, un datt de annere womöglich noch wat dösiger in de Gegend pliert as vör 'n poor Johren.

Dat mag sick woll nu fidel anhören, da Saak sülvst aber is dat nich. So lang as ick mi besinnen kann, har ick jümmers Maleschen mit miene Passfotos. Ick bün eben 'n verantwortungsbewußten Minschen un kann dat nich af, wenn de Mackers bi'n Toll sick egolweg verfehrt, wenn se mien'n Pass opslaat. 'n Fründ vun mi weer dor anners, he möök sick dor sogor noch 'n Spoß ut. As he 'n Utwies bruuk, güng he in so 'n Fotokabuff an 'n Bohnhoff, de kennst du jo seker – steiht 'n Stohl binnen to 'n Rop- und Rünnernudeln för grote un lütte Lüüd; dor settst di rop un stierst op so 'n roden Punkt vör di, üm datt ok de richtige Deel vun dien Gesicht aflicht wart; dorbi aber kiekst du jo in den Spegel vör di, un so kümmt dat, datt du op de Kabuff-Fotos egolweg benaut ut de Wäsch kiekst –. Na, aber dat wull ick jo nich seggen – mien Fründ nu, de trock bi 't Blitzen sien Visaasch meist so afartig scheef un güng mit sien Kunterfei to 'n Bezirksamt. De Beamte schuul em argdenkern an, as he sien Frankenstein-Versnitt seeg un fröög em tähmlich baff: Ham Sie 'n Unfall gehabt? Ich mein – is dat Natur ... oder womöglich 'n Operatschoonsmerkmal –?

Mien Fründ schüttköpp: Neenee, dat 's jümmers so, wenn dat blitzen deit, dor kann ick nicks för ...

Den Macker achtern Tresen keem dat gediegen vör un he wies das Foto sie 'n Kollegen. Ok de gluubsch mien Fründ an un meen, so 'n Jux wull he sick verbeden, man wiel datt dat Monster afsluut nich obstinaatsch weer un eernsthaftig un bescheeden vör em stunn, hett he to'n Sluss nickköppt, un mien Fründ kreeg sien Passport mit dat Grugelbild dor binnen.

In de tokamen Johren harr he veel Pläseer mit Toll, Polizei un annere Behörden. Elkeenmol wenn he sien Pass vörleeg, hebbt se in Fahndungslisten schuult, em mit toknepen Oogen anstiert un sünd vörsichtig mit ehre Snupperhunnen üm em rümlopen, vunwegen Haschisch oder so.

An sowat kann ick mi jo nich so delekteern un heff mi dat arig wat kösten laten, üm ut mien Flunsch keen Grugelspot maken to laten. Also keen Automatenbild, dör müss 'n Profi ran. De Profi weer 'n öllerhaftige Daam; se sett mi op 'n Stohl un wies mi de Richtung, in de ick kieken schull. Ehr datt se op 'n Knopp drück, keem se noch mol to mi un dreih mi den Kopp noch wieder nah rechts un boben. Se harr 'n Greep as 'n Chiropraktiker, un mien Halswirbel knack, as harr se 'n Woddel dörchbroken. Gottogott, see se, wahn Sie das? Ick wull nickköppen, man dat güng nich mehr. Bild hett se keen mehr makt, se hett mi stattsdess to 'n Orthopäden fohrt, denn mit mien Kopp nah rechtsboben harr ick seker blots noch egolweg nah de rechte Siet üm de Eck fohren kunnt, un dor wüss ick keen Orthopäden –.

Nu kiek ick wedder liekut un 'n niegen Paß heff ick ok. Ut 'n Köpphuusautomaten, in Farv sogor. Seh ok fein passobel ut, blots Ida hett sick wunnert öber mien verklärtes Grienen …

Hehe, se kann jo ok nich weten, datt ick – wiss un wohrhaftig per Tofall – dörch den Spegel in de Damenkonfekschoon seeg, un de smucke Deern dor probeer een Bluus nah de annere an …

Ick – dat Lustobjekt

Dammi noch mol – ick will nu ok ennelk mol 'n Lustobjekt sien! Is doch wohr, Minsch, ick bün nu öber sösstig un ümmer noch keen beten Lustobjekt, dor kannst doch een to veel bi kriegen! Un is jo nich so, datt ick dor nich achter ran weer bit nu, nee, süh: Heff ick mi nich de niegen Shorts köfft för'n Urlaub, wat? Aber Ida denn blots mit ehr Schandmuul, datt ick utseh as 'n oppumpten Pinoccio –.
Ick meen, dor hett se doch denn ok wat vun, mit 'n Lustobjekt as Gatten, nich? Man ick bün dor nu achterkamen: Dröffst nich eerst bi de Kledaaschen mit anfangen! Nee, wenn du 'n Objekt sien wullt, dat so richtig lustig – also, ick will mol seggen, wo de Lust blots so ut de Knopplööker lopen deit, denn keen halven Kraam!
Un dat hebbt de in de Kosmetikbrangsch ok furts mitkreegen un stööt uns Mannslüüd nu düchtig in de Siet, üm datt wi in de Gang kaamt. Glieks as ick güstern dat Inserot lesen dee, weer mi klor, datt dat so bit nu nicks warrn kunn mit mi as Lustobjekt: Op dat Foto in dat Inserot kummt jüst so'n eleganten Macker mit sien Königinde ut 'n Döör rut, un buten steiht al de Reporter un knipst em! Un he hollt de Hand vör sien Gesicht un lacht, un du kannst furts marken: He is dor al wennt an, an de Pablissitieh: He is al so'n aariges Lustobjekt, datt he blots noch grient – is em meist al toveel, mit de Lust.
Un worüm dat?
Tjä, nu kummt dat: He hett tohuus de kumplette Herren-Serie op'n Waschbecken!
Tjähä – so süht dat ut. Nich so as bi mi, eenfach Seep un Tähnböst – pah! Klor, Seep hett he ok, man dat is 'n Speziolseep,

een »for men«, un för dat, wat de köst, kööp ick in'n Supermarkt twintig Stück, un de rükt ok fix dämonisch, kann ick di seggen!
Is aber verkehrt, sö dröffst nich denken –. Un, hehe, weeßt, wat ick Dööskopp jümmers makt heff? Heff mi ünner de Bruus mit eenfach Seep wuschen! Hah – keen Wunner! Denn dor gifft dat 'n »Gel« för, 'n Duschgel! Lustobjekt, un denn nich mol Gel – denn kannst man glieks inpacken!
Man nu geiht da jo eerst los: För't Raseern bruukst wat vörher un wat dornah – ümmer düchtig rin in de Visaasch. Un nich blots in de Visaasch! Överall hen! Aber dat heet denn »Eau de Toilette« –.
So an de hunnert Mark büst jo nu al los, man weeßt, wat denn kummt? Denn, du, denn kummt »Body Splash«! Is dat to glöven, wat? »Body« is Ingelsch un heet »Körper«, un »Splash« heet so veel as »Spritzer«, jo, un düssen Körperspritzer, den schallst dor denn woll noch överweghauen, över all de annern Drüppen un Water –.
Och, un denn as Lustobjekt, denn is jo nicks mit Müffi ünner de Arms! Denn bruukst 'n Deodorant! Aber nich so'n billigen Twee-Liter Jonny för 'n Mark un twintig, so as ick den tohuus heff, un wat ok miteens hölpt gegen Lüüs un Kakerlatschen, wenn ick dor morgens de halve Wahnung mit vernevel!
Is aber nu vörbi mit, nu kööp ick dat Deo ut de kumplette Herrenserie, wat jo veel düürer is, un denn blots so eben eenmol links: phhh! un eenmol rechts: phhh! un höchstens noch mol … äh – man dor gifft dat wedder war Besünners för –.
Jo, so eenfach is dat. Blots noch Böst un Kamm för neegenundörtig Mark fööftig, 'n Tasch, wo de Serie denn rinpacken kannst, för eenhunnertfievunneegentig – ick heff mol nahrekent: Wenn du di so kumplett utstaffeerst, warrst so üm un bi fievhunnert Mark los …

Ida seggt, bi Fievhunnert hört de Lust op. Lustig is denn blots noch de Hersteller.
Schiet! Wedder nicks –. Wo ick dor so'n Jieper op harr! Sogor snacken kann is al as 'n Lustobjekt: Hallo, gnä' Fruu – hör mal 'n beten to …

Stippvisit in't Paradies

Heff ick jo ok jümmers glöövt, vunwegen: Trüch to dat eenfache Leven ... Op 'n eensome Insel ... Mit de Natur op Du un Du ... Schiet an Telewischn, Telefon, Elektrisch, Kääsblatt ... Mol so richtig to sick sülvst finnen ... Mit de Sünn opstahn, mit de Steerns to Bett – un wat 'n sick so allens tosamentüdelt, wenn een vun dat grote Glück dröömt.

Denn hett mien Jung uns inlaadt nah Sweden. Dor hebbt he un sien Fruu sick 'n lüttes Huus köfft, in'n Wald; in de Eensomkeit bi Elch un Vagel un Veehtüüch, vun dat ick nich mol den Namen kenn. Keen Strom, keen Telefon, keen »fließend« Water, nich mol 'n Breefkasten.

Ida hett swemmerige Ogen kregen vör Glück, as se nah negen Stunnen Fohrt mit Schipp un Auto vör de Pracht stunn; de Piepers in'n Wald hebbt tirileert, de Appelboom glitter mit hunnert rode Backen – wi weern in't Paradies.

Obends – dat heet, so tegen Klock fiev, denn dat weer in'n Oktober – obends deen de Holtklaben kommodig in'n Aven knacken un gnistern, de Petroleumlamp blubber liesen vör sick hen, ick ok; denn ick dach, dat weer al negen un heff al mol 'n lütten to Bost nahmen. Wi hebbt fein parleert, denn to'n Lesen weer de Lamp to kommodig; keen Radio plärr dortwüschen, keen Glotzschiev güng uns mit Werbung op'n Brägen, un as wi Klock söben mööd mit 'n Lantücht in uns Slapkamer ropstegen, lücht de Maand dörch de hogen Tannen in dat Finster, un sogar de Nachtuul hett huult.

Klock een in de Nacht harr ick utslapen. Ick keem hoog in mien Bett un dach, ick weer blind. Sowat vun Swatt heff ick noch nich sehn. Un sowat vun Still noch nich hört. Ick heff nah dat Tallicht grabbelt aber blots Idas Nees funnen, un op

den Weg nah den Lokus heff ick alle Wännen kennenlehrt. Blots de Trepp rünner güng dat rasant, meist in'n »freien Fall«.
Nah 'n gode Stunn harr ick mit veel Dusel wedder trüchfunnen in mien Puuch, un op den Morgen müss ick wiss 'n halv Johr lang töven.
Man denn bün ick as 'n jungen Gott bi de eersten Sünnenstrahlen un twee Grad an de Pump in'n Gaarn jumpt, dorbi in teihn Pund Elchschiet pett un heff mi wuschen as de Blitz. Bi't Füürböten heff ick mi dat Hemd insuddelt, de Hoor in de Nees afsengelt un de Poten anbrennt; bi't Watersleppen kreeg ick 'n Hexenschuß un heff bit to'n Obend, also bit kott nah veer, wütig vör de Döör seten un Müggen verhaut.
Veer kotte Daag un gräsig lange Nachten weern wi in't Paradies, un enerwegens bün ick nu veel gütiger worrn un seh allens mit annere Ogen, sogor de Lindenstraat.

Fidelen Lokus

Also nich datt ick nu glööv, ick kann allens – dat glöövt blots Ida, un is op de een Siet jo denn 'n Kumpelment för mi, op de anner Siet aber ok tähmlich strapseerlich, sünnerlich wenn ick op't Kanapee riehläcksen will.
Dor mutt se so 'ne Art sössten Sinn för hebben, to'n Bispill Freedagobend: Halbig söben, nicks mehr to beschicken, Klock acht kommodiges Telewischenpläseer – hährlich. Miteens hör ick ut mien meditative Plüschpositschoon Ida op'n Lokus schimpen över den ollen schedderigen Waterkasten, un för wat ick blots den niegen Lokuskasten mit de Patenttaste to'n Watersporen köfft harr, un datt 'n as umweltbewußten Börger ...
Ick kiek op mien Klock. Recht hett se jo. De Film fangt in 'n gode Stünn an. Dat mutt jo woll langen, so'n dösigen Waterkasten an de Wand to bummeln ...
Riehläcksen Sense, Hörmi in Äkschn, Ida mit »Dassu das kannz – hättich ja echt kein Ahnung von ...«, de niege Klosett-Automat ward utpackt, is heel elegant, un in 'ne Tüüt klötert so twintig, dörtig Delen, de ick in mien Leven noch nich sehn heff. Un achter mi Ida mit »Und da weißu von allens, wo das hinkommp? Doll!«
Na goot. Ward sick finnen.
Eerstmol den ollen Kasten afmonteern. Rohrtang, Schruvenslötel – ick bün sorteert as 'n Profi.
Water afstellen – rodscher; Ansluutventil afdreihn – rodscher, bit op de dree Liter, de noch in de Leitung weern, man so hett Ida ok wat to doon un se hört ok richtig furts op mit ehr Bewunnern; Kasten afnehmen, Aflooprohr rutdreihn – so, dat hebbt wi. Niegen Kasten anholln – süht smuck ut. Is beten

grötter as de olle, dorför wat smaller. Middewiel harr ick mitkregen, datt ick 'n lüttes Rohr bögen müss. Dat güng wat swor, so mit de Hand, dor heff ick dat olle nahmen, dat weer jo al böögt. Leider weer dat wat to lang, ich müß dat afsagen.

Nah 'n halve Stünn hüng de niege Kasten an de Wand, de Film füng an, un ick heff dat Smuckstück boben an de Waterleitung un ünnen an den Lokus ansluten. Denn bün ick in 'n Keller un heff dat Water wedder andreiht.

As ick noch op de Trepp weer, füng dat in uns Treppenhuus an to regen. Ida un ick weern to lieke Tiet vör den Waterfall, de ut das niege Ventil pladder. Se hett schimpt un feudelt, ick dat Water afdreiht un den lütten swatten Dichtungsring in dat Ventil sett.

Klock negen weer ennelk Premiere.

Dat Water schaat in den Kasten, söss Liter, Ida dröff op de Superautomatiktast drücken, un de söss Liter sprütten ünnen wedder rut, leider nich in den Lokus, dat Aflooprohr weer ut den Kasten rutscht – düttmol harr ick 'n groten swatten Dichtungsring vergeten. De söss Liter deen sick fein verdelen, un Ida hett denn beten wieder lang schimpt un feudelt.

As de Film toenn weer, harr ick allens in de Reeg. Dat Water leep rin un leep rut, ick heff korrekt proovpinkelt – allens propper un paletti.

Twölf nüdliche Saken heff ick öberbeholln, un wenn ick noch twee Waterkasten utwessel, denn kann ick 'n Sanitärhannel opmaken.

Klasse, nich?

Natur-Fiehling

Schuld harr dor jo egentlich mien Söhn Sevo, de meist so'n alternativen Typen is – naja, nich so'n richtigen Koornpicker, dat nich, un ok nich so'n sülvststrickten Softi mit Dackelogen, also dor is he an 'n kregeln Macker tegen, he weet heel goot, wat he will, un noch beter, wat he nich will, un dor kann he 'n richtig sturen Bock sien. Wat he eendags nich mehr wull, weer Idas afsluut eenmoligen Swiensbroten mit Knacker un delikotes Grööntüüch, denn he un sien Susi weern nu op Bio ümstegen.

Bio is leider meist dörtig Kilometer wied weg, un de Wust, de du dor köffst, süht ut, as weer se dörtig Johr ünnerwegens west. So – gries, versteihst du, nicks vunwegen mit lüchtend gesunnes Root as in'n Supermarkt.

Toeerst hett blots Ida de griese Mettwurst kaut, un ick heff ehrn Tostand kuntrulleert – also Ida ehrn. Man se hett echt swögt un meent, datt wi al so wied weg vun dat Bodenstännige, dat Rejelle, un rüken dee se ok nich slecht, de Wust, richtig nah Land, wo wi anners blots de Gülle vun rükt, in't Vörbifohren.

Naja, ick heff denn ok mol 'n Schiev ... mit 'n oorntlichen Kööm, wegen de Hygiene, un ick mutt seggen, dat weer 'n annern Snack! So dee dat wiss fröher op 'n Buurnhoff rüken ... so kernig ... ehrlich ... un weet ick nu ok, worüm de Buurnhööv so wied utnanner – op jeden Fall hebbt wi denn ok noch Swiensbroten un annere Delikatessen ut »geprüften Anbau«, un mien Tähndoktor hett ok seggt: So maak man wieder! Richtig häppieh segg he ut –.

Denn dat is noch so Fleesch, wo du diene Tähn as Waffe sotoseggen, so as Charly Chaplin domols in »Goldfieber« oder

wo de Film heet, as he dor an't Stebelmampfen weer. Un hett mi de Tähnknieper denn eerstmol 'n niege Kroon un Brüch installeert.
Ok de Gröönwaren sünd heel anners. Blomenkohl, so lütt as de Fuust vun 'n Winnelkacker; Kohlrabi, dat Stück för een Haps un de Kantüffeln – richtig nüdlich. Is wegen de natürliche Düngen, dor blifft dat Tüüch wat lütter denn – truut sick woll nich rut ut de Eer. Dor smeckt de Grönigkeit noch so echt nah … nah – also dat, wo dat nah smecken mutt. Seggt Ida.
Klor, is 'n beten düürer, un Benzin kümmt ok noch babenop, bi de dörtig Kilometer.
Man dorför hest dat eenmolige Geföhl, ennelk wat för diene Gesundheit to doon, un dor deist dien Boddieh doch geern 'n beten mehr för afmarachen, nich? Is'n starkes Fiehling, wenn du so intensiv leevst; dat verwannelt di richtig, un för't neegste Leeven heff ick mi vörnahmen, Bio-Buur to warrn.
Oder tominnst natürlichen Dünger.

Frühling

Der Oheim pflückt für die Frau Muhme
im Frühlingsrausch 'ne Kunststoffblume;
es rät die Base dem Gevatter:
Mit Vaseline küßt man glatter;
der wackre Bursche führt die Maid zum Tanz
und lächelt selig, denn die Maid heißt Franz.

Die Zeit ...

Die Zeit, sie rinnt,
die Nase auch;
und wer kein'n Hintern hat,
sitzt auf'n Bauch.

Rumpott

So, nu is de schöönste Tiet in't Johr kamen – nee, also nich al wedder Wiehnachten, brukst di nich to verferen, för de Wiehnachtsseligkeit kannst di noch Tiet laten – nee, nu is dat ennelk sowiet, datt de lesten Früchte rinkööönt; in den Rumpott, meen ick.
In'n fröhen Sommer geiht dat jo al los, mit Erdbeeren, Stikkelbeeren, Kirschen un so, un in'n Harvst hört dat mit Beern, Plummen, Appelsienen un annern Leckerkraam op ... Is jümmers wedder 'n fierlichen Ogenblick, wenn de leste Laag begaten ward, Pott baben tobunnen un denn wegstellt ward bit to'n Winter ...
Is aber ok 'n bannig verantwortungsvulle Opgaav! Jo, du – dor kannst op af! Sünnerlich nu to'n Sluss: Dor is dat nämlich heel wichtig, datt all de Früchte noch mol penibel inspizeert ward, üm datt dor ok keen Gammel in liggen blifft – süh ... to'n Bispill düsse Erdbeer hier, ganz deep vun ünnen ut'n Pott ... so recht propper süht de egentlich nich mehr ut ... wo licht kunn de nu all de annern feinen Plummen un Beeren ... smecken deit se aber nich slecht, neenee ...
Ida seggt jo jümmers, düsse leste Inspekschoon is blots mien egen Erfinnung, wiel datt ick 'n Alibi bruuk to'n Supen, man wees mol ehrlich: Wat versteiht Ida vun'n Rumpott, wat?
Segg ick doch. De hett dor gor keen Sinn för. Dat kannst al dor an sehn, datt se nich begriept, wo wichtig dat is, den richtigen Rum uttosöken! Mag jo Lüüd geven, de eenfach so'n poor Buddel Rum kööpt un de Bröh denn ohn Henkieken rinschütt – bi mi nich. Un wenn ick teihn Sorten utprobeer – dor kenn ick nicks! Dor is mi dat to un to wichtig för ... un dat kannst jo nu ok smecken ... mmhh ... dat is di 'n Rum, is di

dat … Kann ick mi vörstellen, datt de lütten Kullerdinger dor binnen echt glücklich sünd – kiek blots mol, wat de dor fidel in rümswemmt … kullerkullerkuller … is dat dor nu 'n Stikkelbeer oder 'n Mirabell –?
Hehe, kannst meist nich mehr klook ut warrn – man hollstopp – Mirabellen hebbt jo Steen!
Ogenblick mol … so … dor is dat Düvelsding … mol vörsichtig rinbieten … aha! Aha!! 'n Stickelbeer, heff ick mi doch dacht … wunnerboren Smack … is aber jo gediegen, datt se all anners smeckt, nich? Wo se doch all in den sülvigen Rum swummt – swummt –? Nee, swemmt!
Düsse Johannisbeeren hier – Chotte nee ok, sünd dat mol lütte, sööte Glittermardels … un wo fix de sünd – swutscht jümmers wedder rünner vun'n Lepel! Na … na, wullt du woll mol hierblieven, du lütten, frechen Flitzer, wat …?
Weg, al weg … Pirsich, jo, dat is jo keen Kunsstück, de groten Stücken … hehe, kann ick mi ümmer un ümmer wedder öber wunnern, datt de groten Kameroden dor binnen … sünd jüst so vull Rum as de Lütten! Nu kümmst du! An düssen Pirsich kannst dat goot an sehn: Binnen un buten vull Rum!
Ick glööv, Rum is 'n bannig agressiven Druppen … in mien Phantasie stell ick mi dat jo denn so plaktisch … so Packtisch … ick wull seggen, so pllastisch stell ick mi vör, wo de Rum op all de niegen Früchte loos un denn: Hineiiin!!! Haha, is 'n ganz rabiaten Broder, glööv ick … smeckt ok so …
Much ick nich in liggen, du! Nich mol mit een abben Finger, mol seggen, wenn ick doot bün, datt se in de Anatomie … op keenen Fall in Rum!
Dat is jo 'n richtig grugeligen Gedanken … wo kumm ick blots op sowat –?
Will den Pott nu man lever tobinnen, anners kriggt Ida to Wiehnachten bi't Opmaken wedder so'n roden Ballerkopp … so as lest wol … goot, goot – weern man blots noch veer Kirschen binnen, man picobello weern de! Pico … echt!

Inspekschoon

Neeneenee, ich wull dat nu nich mehr mitmaken! Lang noog weer ick 'n lütten Dicken west mit to wenig Hoor op 'n Kopp un 'n käsig Utsehen. Un wat harr dat för 'n Sinn, egolweg Kiepsmailing to maken un de Tähn to blecken, wenn ick dor nicks anners bi wiesen kunn, as de twee Pund Amalgam, de ick in 't Muul harr?

Nee, hier dee 'n Inspekschoon bannig nödig. Wo ick doch nu in de besten Johren weer! Also: Ick heff mi vörn Speegel stellt un ohn Pardon mit mi afrekent.

Hermann, heff ick to mi seggt, du büst nu över sösstig un hest 'n Senkfoot. Goot, Goot – dat süht nüms, man liekers. – To lütt büst du ok. Mit dien een Meter neegenunsösstig is nich veel Staat to maken. Denn de Buuk. Du hest 'n Buuk. Wo süht dat ut? De Woog wiest, datt du tominnst föffteihn Pund to veel hest – dat kümmt vun de Schokolod un dat Supen. Un Knööf? Dat schall 'n Bizeps sien?? Laat mi an Land – dat kunn een je meist för 'n lütten Furunkel holln! Un de Tähn? Lach mol! Dat schullen Tähn sien, düsse geelen, unegolen Hauers? Dormit kannst doch blots noch achter de Hand grienen! Un denn glövt de Lüüd glieks, du hest een in 'n Sinn un wullt nicks mit di to doon hebben. – Na, un denn de Hoor! Is dat allens, wat du noch op 'n Kopp hest? De poor Strünken? Wo bi anner Mannslüüd de Locken op de Schullern wallt, dor süht dat bi di ut as 'n Isoliermatt ut Glaswull.

Annerndags heff ick mi op den Weg makt. Toerst in 'n Schohladen. Dat dee nich weh, för den Tähnknieper weer jümmers noch Tiet. Ick heff mi Schöh köfft mit wat högere Hacken. Nu weer ick veer Zentimeter grötter.

Denn to 'n Hoorsnieder, de hett miene veerundsöbentig

Hoor een bi een opnudelt mit ganz lütte Lockenwicklers, wiel datt de Hoor so kott weern. De Prozedur hett dree Stunnen duurt, dornah seeg ick ut as de Sonnengott vun de olen Inkas.

Nu weer ick jo al lecker poppig un güng driest in 'n Jeansshop, ick wull nu ok 'n junge slanke Büx hebben. Dree Verköperschen weern in den Laden, ick heff se all dree kennenlehrt. De eerste kreeg so 'n eegenortig Zucken in 't Gesicht, as se mi in de Jeans seeg un meen, se wull achtern mol kieken, wat se noch bequemere Büxen harrn.

Se keem nich wedder. Ehre Kollegin broch mi denn 'n Büx, de wiet noog weer, blots wat to lang; wenn ick de Jeans hoogtrock un se över miene Schullern tosamenholl, segen se ut as 'n Overall. 'n Jammer, datt de Deern an 't Telefon müss. – De drütte wär de Inhoberin, un de hett mi denn verklort, datt ick mehr so 'n eleganten Typ bün un fein utseh in de Art Büxen, de ick bit nu drägen harr.

In de Affteek heff ick mi denn Schlankheitspillen köfft, 'n Kurpackung, aasig düer, man dat weer jo ok wat för 'n halv Johr!

Mit de niege Höhensonne bün ick furts nah Huus lopen und heff ehr anknipst – dat heet, mit Lopen weer 't man nich veel, op de hogen Hacken de ick stockern as op Stelzen. Dörtig Sekunden Bestrohlung to 'n Anfang, stunn op dat Blatt, dat dorbileeg. Dat weer jo nu rein nicks! Ick weer in 't Gesicht noch jüst so witt as vörher. Is jo ok to 'n Lachen: Dörtig Sekunnen! So 'n düern Apparat, un denn blots dörtig Sekunnen! Ran! see ick to mi, vun nicks kümmt nicks! Nah fiev Minuten füng mien Nees ennelk an, 'n beten root to warrn.

Mien Fruu un de Kinner hebbt mi obends gor nich wedderkennt. Ok de Doktor nich.

Eerst hebbt se all schimpt mit mi, man denn hebbt se begrepen, wo ick op los wull – vun wegen mien »gepflegtes Äußeres« un so und weern heel wild dor op, mi to hölpen. –

Nu bün ick bös in de Bredullje: To eten gifft dat blots noch

Gröntüüch un anner gräsige Saken; to drinken Mineralwater. Keen Schnopen, keen Köm, keen nicks. För morgen bün ick bi 'n Tähnknieper anmelt. Un Rumpfbeugen mutt ick maken, föffteihn obends, föffteihn morgens. Un dat schullen nu de besten Johren sien??

Geihst echt kaputt bi …

Vunwegen – gifft hüüt keen Obentüür mehr to beleven, un mußt dor extra för an'n Blauen Nil fohren!
De dat seggt, hett vun Tuten un Blosen keen Ahnung! Ick mutt dat weten, denn ick heff dat jüst an'n eegen Liev mitkreegen, in uns feine Hansestadt Hamborg, oha … De Ünnergang vun Pompeji weer dor meist 'n freedfardige Idylle tegen: Sünnobend in de Zittih – Sünnobend vör Wiehnachten – weetst Bescheed nu –?
Datt ick an düssen Dag 'n Paletot köpen wull, harr mi wiss de Düvel ansnackt –. Klor, as vörsichtigen Minschen heff ick mien 'n Wagen to Huus laten un bün mit de U-Bohn fohrt!
Man denn, an'n Hauptbohnhoff, 'neem ick utstiegen wull: Dat lest, wat ick noch eegenstännig doon kunn, weer, nah de Klock to kieken – halvig twee.
Denn keem ick mi vör, as in 'ne Büffelheerd, de Amok leep. Vun achtern kreeg ick 'n Kinnerkoor in de Knee, vun vörn 'n Paraplüh in'n Buuk un wörr denn gnadenlos de Rulltrepp ropquetscht: dornah dörch de Spitalerstraat dreven, 'neem ick gor nich hen wull; kreeg in de Mönckebergstraat miteens 'n Knackwust in de Hand, de ick nich bestellt harr – weer ehr aber ok glieks wedder los un kreeg dor 'n Portschoon Semp för in'n Nacken, de ick nich wedder los wörr; keem dörch Tofall oder vigeliensche Stroomlööp rückwarts in'n groot Kledaaschenhuus, 'neem ick aber al bi de Slipsen un Hemden wedder dörch 'n annern Ingang op de Straat schaven wörr; ick heff dor twee Knööp, 'n Hoot, 'ne Hacke vun mien Schoh, 'n Tähn un üm een Hoor mien Ünnerbüx verlaren. De Knööp in de Ünnergrundbohn, den Hoot in de Mönckebergstraat – he is mi vun 'n Kopp flagen, un in dat Gewöhl heff ick em nich

wedderfunnen, de Hacke bi Glas un Porzellan in 'n Kööphuus – dor is mi een vun achtern roppett, wat ick hüüt noch nich begriep – de Tähn weer 'n Stifttähn, un dat passeer ok in 'n Kööphuus, as ick 'n Verköpersch fröög, wat de »Zigarrenkasten« ok luftdicht weer; bi dat »Z« vun de Zigarren dee ick mien 'n Stifttähn op 'n Tresen speen, un se hett sick jüst so verjogt as ick mi. »Is ja 'n irrer Gag!« meen se, »Ham Sie das ausse Scherzartikelabteilung?«
Jo, un de Ünnerbüx weer noch een mit 'n Gummiband in, wat mitmol tweigüng. Ick stunn jüst op de Straat bi't Knackwusteten, dor rutsch mi dat Ding so sutje nah ünnen. Se wurr blots noch in 'n Schreed dörch mien Antogbüx opholln. Nu heff ick di jo al seggt, datt dat tähmlich windig weer, un dat weer denn 'n gediegen Geföhl, ick keem mi vör as an de See bi 't F.K.K., un wenn du di an so 'ne Steed verköhlst, denn kannst dor 'n barg Arger vun hebben.
Un denn keem noch dorto: Ick seeg all de Tiet över mi de bunten Wiehnachtslichten un füng jüst eernsthaftig an to glöven, ick weer al doot un in 'n Heven – dor güng dat miteens 'n Trepp dal, 'n Ünnergrundbohn keem ansuust, ick wörr dor mit rintrocken, un as ick ennelk Luft halen kunn, dor weer ick wedder tohuus –. Also – mit mi nich noch mol!

De Hilligen Twee Könige

Nee, oh nee – is di dat mol eenmolig schöön! Eerst Klock öl-ben, Hilligobend vörmeddag un nicks mehr to doon! Afsluut nicks! Hannes un sien Fruu sitt in de Stuuv, hört sick in't Radio fein jazzige »Jingle bells« an un föhlt sick so richtig kommodig. Op'n Disch lacht de lecker Wiehnachtsklöben ut alle Rosinen, dorto dampt 'n gode Tass Koffee – de Jung speelt op de Straat ... – Dor harrn se al lang mol op luuert, de twee: Wiehnachten ohn Jachtern, Bebern oder allens op 'n lesten Drücker. Hannes smökt al mol een vun siene Festdagszigarren, Lotti gluckst fidel öber 'n lütten Likör – Denn mol los mit Wiehnachten! Tovörderst aber bimmelt noch dat Telefon. Lotti steiht op, denn Hannes vun sien Zigarr weghalen – dat's jo direkt 'n Sünn, is dat jo.

Lotte Bauer, guten ... Wer ist da? Ach ... Fruu Becker ... dat is jo nett, datt Se ... jojo, wi Se ok ... wi –? Och nicks wieder ... neenee, blots wi alleen, so richtig kommodig ... jo, Klock fiev Bescherung – de Jung weer al hüüt morgen rein hippelig ... un denn, dornah, Eten ... klar doch – Karpen blau, is doch meist al Traditschoon ... so, bi Se ok ... ist ja ok to schöön ... jo ... wünscht wi Se un Ehrn Mann ok ... nich, meen ick ok ... düchtig mol utspannen ... wat meent Se? Wi schüllt wat –? Jo, worüm egentlich nich ... wohnt jo blots twee Treppen utnanner ... jo, geern, seggt wi so tegen Klock negen –? Allens klor, wi kaamt geern, jo, dor freit wi uns ... wi bringt 'n Buddel Sekt mit ... jo ... bit denn ... tschüss ok, Fruu Becker ... tschüüs ...

Lotti leggt op. Becker, seggt se. Se hebbt uns inlaadt op 'n Sluck, hüüt obend.

Hüüt? Hannes schüttköppt. Hebbt doch gor nicks, wat wi jem schenken köönt ...

Lotti maakt dat Muul op un wedder to. Oh Gott … dor heff ick gor nich an dacht … wat is mi dat blots schenant …
Kriegt se eben nah Wiehnachten 'n lütt Präsent … Hannes lehnt sick wedder trüch. Is doch ganz fidel so'n lütten Klöönsnack …
Büst du mall? Sowat geiht doch nich! Dat laat ick mi doch nich nahseggen, datt ick mit leddige Hannen op Besök gah, ick nich!
Harrst jo nich toseggen mußt … Hannes nuckelt suutje an sien Zigarr. Nu is 't so un so to laat …
To laat –? Lotti kiekt op de Klock. Is man eben ölben dörch – bit een, twee hebbt de Geschäfte in de City noch open … dor kunnst du noch bitieden 'n lütt …
– Ick?? Neeneenee! Kummt nich in de Tüüt! Hannes pafft 'n beten wütiger.
Wat schall ick veel vertellen – nah söss Minuten un tweeunveertig Sekunnen wischt sick Lotti tofreden de söben Tranen vun de Backen un schenkt sick noch 'n Söten in.
Hannes wischt sick op de Straat den Platterregen vun de Bakken un jumpt in sien Auto.
Veddel twölf peest he al dörch dat grote Warenhuus un teihn vör twölf wöhlt he sick dörch de Geschenkartikel-Etoosch.
Klock twölf langt he denn nah dat, wat he köpen schull: 'n lütten, bunten Nöötknacker ut Holt – praktisch un doch nüdlich.
Noch dorto de leste in dat Regal – wat 'n Glück.
Dat meen ok Guschi Becker, den sien Fruu ok noch losjagt harr. Ok he greep nah den lütten Macker.
Hannes kreeg de Holtpopp an 'n Kopp tofaten. Guschi an de Fööt.
– Herr Becker …
– Herr Bauer …
– Dat is jo 'n Tofall …
– Jo, dat möögt Se woll seggen …
– Noch so laat ünnerwegens …

– Jo, Se ok …?
– Jo, hölpt jo allens nicks – wullen Se den Nöötknacker köpen?
– Egentlich jo … wi – dat heet, mien Fruu meen …
– Mien Fruu ok …
Se keeken sick an. Dat sünd so Situatschonen vun de du noch johrelang dröömen kannst …
– Hehehe, lacht Guschi. Is direkt putzig …
– Hahahah, lacht Hannes, dat möögt Se woll seggen …
– Dor harrn wi uns woll üm een Hoor den sülvigen Nöötknakker schenkt, hehehe …
– Echt! Akkraat den sülvigen, hahaha …
Fiev nah twölf staht de Mannslüüd wedder op de Straat, de holten Macker wedder in 't Regol. Se sünd bannig an 't Lachen un eenmolig döstig; de Friesenquell liggt glieks op de anner Siet, schöön warm is dat dor binnen, un Klock twee makt de eerst dicht –. Un kannst di gor nich vörstellen, wat du sluuken kannst, wenn du di beten Möh giffst …
Tjä, un nu gifft dat eerstmol 'n lütten »Szenewechsel« …
In Lotti ehrn lichten Wiehnachts-Driedeldroom klirrt de Döörbimmel. Se fohrt hoch – needoch … al Veer vörbi … dat hett aber lang duert … is doch al meist Tiet för de Bescherung … Se makt op, is aber blots de Lütte. Mit roden Kopp vun 't Toven – is 't nu bald sowiet? Jojo … Vadder ward seker jeden Ogenblick wedder hier sien … Se pütjert in de Köök rüm.
Fruu Becker hett den Nöötkoken trecht. Is to un to praktisch, so 'ne fardige Backmischung: blots mit beten Mehl tohoopröhren, 'n Ei dorto un rin in 'n Oven! Dor bringt di keen Besök mehr in de Bredullje. Noch de söte Glasur babenop un denn kann 't losgahn mit de Bescherung – ehr'n Guschi sien Geschenk hett se al op de Anricht … 'neem de Kirl blots affblifft –? De kann doch nich so lang bruken för so'n albern Nöötknacker … un de Ladens hebbt doch seker al dichtmakt, is doch meist duster buten … egenartig …

Mit teihn Kognak in 'n Liev sett Hannes sick nich achter 't Stüür, al mol gor nich Wiehnachten. Guschi hett blots negen hatt, man de dree Beer tellt jo ok mit. Se kaamt al ut dat drütte Lokal, nu hebbt se woll würklich all dicht. Hett ophört to regen, se weet ok gor nich mehr so nipp, 'neem se ehre Autos afstellt hebbt. De Bus fohrt blots noch all twee Stünnen, he is jüst weg. Dor gaht se denn eben to Foot. Tofootgahn is langwielig, vör allen, wenn dat lang duurt. Se fangt an to singen. Toeerst Jingle-bells, dor kann Hannes de tweete Stimm vun. Nah twee Kilometer findt Guschi 'n Pappkarton an 'n Stratenrand un 'n kaputten Paraplüh. Nu geiht dat al veel beter, mit so 'n feinen Beat. Hannes meent, in de Taktpausen kunnen se driest noch den Brummbaß imiteern, man dat is jo nich so licht! Klor, datt se 'n Ogenblick anhollt un sick op twee Aschammer sett, de vör en Huus staht. De Proov duuert knapp 'n Veddelstünn, denn geiht de Huusdöör op un 'n Fruu röppt: Heinzi, kuck mah – die Heiligen Drei Könige ... ich kann aber bloß zwei sehn – fintich ja richtig toll, dassassass heute noch giep ... Heinzi findt dat woll ok, denn he bringt de twee 'n Buddel Sluck rut un sien Fruu meent, datt de Königen gor keen Paletot hebbt. Dor halt Heinzi fix noch sien ollen Trench rut, den he so un so wegsmieten wull, un Hannes süht nu richtig smuck ut.
Se treckt denn gau wieder, beten sünnerbor kümmt jem dat doch vör –. Man Sluck is Sluck, un düsse hier is gor nich slecht – sogor fein kold. Ehre Dschingelbells hebbt bi lütten Schick kregen un nah 'n halv Buddel haut Guschi Variatschonen hen, datt Hannes afsluut baff is.
Se hebbt wieldess 'n Weg funnen, den se noch gor nich kennt. Dat is ok keen Wunner, denn dat is 'n Privatweg. An den Privatweg steiht 'n grote Villa. Ehr Guschi dat aber mitkriggt, is Hannes al wedder mit sien tweete Stimm innegang, de sick meist nah drütte oder veerte Stimm anhört, oder nah allens togliek. Ok hier ward de Döör opmakt, vun 'n lütt dralle

Deern in Swatt mit witte Schört un witt Käppi op'n Kopp. Se frogt fründlich, wat se nich 'n Ogenblick rinkamen wüllt? As se in de Köök stulpert, gruvelt Guschi deep, wat he nu opmol in düsse ingelsche Fernsehserie vun dat Huus an 'n Eton-Place mitspeelt un wat se Mister Bellamie woll Fröhliche Wiehnachten wünschen schullen –. Ehr datt he dor aber mit fardig is, kriegt se in de Köök 'n kumplett Meddageten, mit Supp, Broten, Kumpott un alle Schikanen. Un denn keem een rin, vun denn Guschi laterto jümmers wedder see, datt he de Butler, Mr. Hudson west weer, un de frög jem, wat se noch 'n besünnern Wiehnachtswunsch harrn. Hannes, de nu al glöövt so besopen to sien, datt he dat allens blots dröömt, meent, so 'n lütten Nöötknacker – dat weer wat Feines! Ut Holt, bunt anmolt!

As se kott nah söben den Privatweg wedder trüchwannern, hett ok Guschi 'n staatschen Paletot un Hannes winkt trüch mit sien 'n Nöötknacker un he röppt een- üm 't annermol: Frohe Wiehnacht altohoop! Frohe Wiehnacht!

In all den Trubel aber hett Guschi sien 'n Pappkarton vergeten un so kaamt nu wat sinnigere Wiehnachtslieder an de Reeg. Över de Landstraat huult jem ehre »Stille Nacht« as de Stimm vun den »Jedermann« in Salzburg. Man richtig fidel ward se eerst, as ehr Bus an jem vörbisuust un se weet, datt se nu wedder op 'n rechten Padd sünd.

Al vör 'n gode Stunn is Fruu Becker nah Fruu Bauer rünnerstebelt un de twee Fruunslüüd sitt nu tosamen un wunnert sick, datt de Kirls nich an Laden kaamt. Se hebbt sick good tospraken, sick begööscht un wüllt man noch bit gegen Negen töven, ehr datt se de Polizei anropt –. Worüm de anner ehr Mann noch weg müss, weet keen vun jem so recht, man 'n Ahnung hebbt se beid. Se kaamt bannig in 't Parleern, de Lütte speelt al mit sien niege Autobahn un dat kunn richtig kommodig ween, wenn – jo, wenn de verdreihten Mannslüüd doch nu blots ... na, tööv – se ward jem dat wiesen!

Wenn een Hilligobend mehr as veer Stünnen dörch de Gegend zuckelt, mutt he 'n heel grotes Repertoir an Wiehnachtsledern hebben, anners hangt em de Singeree to 'n Sluss doch noch ut 'n Hals rut. Dor keem jem de Telefonzell jüst good topass, un Hannes is al wedder so nüchtern, datt he blots tweemol 'n falsche Nummer drückt. Guschi brüllt al »Frohe Wiehnachten« in den Hörer, as noch gor keen dran is.
– Bauer ... Lotte Bauer – ja???
– Lütte Lotti, mien Deern ... fleit Hannes. Weeßt du woll, 'keen hier is? Wat –? Hehehe, hier is dien Hannes Ruprecht, is hier, tjäwoll, un nu gifft dat glieks 'n feine Bescherung ... Guschi labert dortwüschen: Vvvöllig korrekt ... ok bi Guschi gifft dat nu 'n feine Bescherung, hahaha ...
– Dat – dat is jo woll ... Lotti weet nich, wat se seggen schall. Is de Kirl doch wiss un wohrhaftig besopen ... dat is jo woll nich to glöven ...
Fruu Becker schüttköppt, leggt ehr den Arm üm de Schuller: Se Ärmste – sowat an 'n Hilligobend! Datt de sick nich schaamt ... also dat kreeg mien Guschi jo nu nich fardig ...
Vunwegen! pust Lotti sick op. Denn kaamt Se man mol ran an 'n Apparat – dor köönt Se Ehrn Guschi singen hören!
Wat –? Mien Guschi?? Ogenblick mol ... Guschi? Büst du dor??? Se drückt den Hörer, as wull se em de Luft afdreihn.
– Nee, hier is Wieh ... hupp ... de Wieh ... büssu dor mien Söte, wat? Ick bün hier, hehehe ... Wi sünd beide hier ... un 'n Nöötknacker hebbt wi ok, aber blots eenen – segg mol Hannes, worüm hebbt wi denn blots eenen, wat? Achso, den hett de Butler uns jo schenkt – du, Fruu Becker, weeßt du, 'neem wi weern –? In dat Huus an 'n Eton-Place, bi Mister Bellamie un Mistress Bridges, tjäwoll du! Un niege Paletots hebbt wi ok beide!
De Rest is gau vertellt. De twee Lädies hebbt ehre Kirls mit 'n Taxi vun de Telefonzell afhalt un sünd laterto gode Fründin-

nen worrn. Blots den Wiehnachten weern se aarig in Brass, un dat kann 'n jo ok good verstahn, nich? Den lütten Nöötknacker hebbt se ok hüüt noch, Hannes hett em langs dörchsaagt un bi Beckers un Bauers hangt nu 'n halven Nöötknakker an de Wand. Jümmers wenn se mol tosamensitt un vergnöögt sünd, backt se de twee Hälften tosamen un amüseert sick öber de Hilligen Twee Könige.

Der Osterhas

Der Osterhas, der Osterhas
der hoppelt durch das grüne Gras;
und hoppelt er so weiter,
dann wird er wohl nur Zweiter.
Und Erster wird der Weihnachtsmann,
weil der ja ohne Eier hoppeln kann.

Abzählen

Ich und du,
Müllers Kuh
steht auf Esel –
nu komps du!

Krissmessäkschn

Ich sahch dir, das war wieder ein Drama mit unsern Tannenbaum Heiligabend, wo ich ja bloß ganz höflich, wie das ja meine Art is, nich, ihr kennt mich ja, naja, auf jeden Fall, stell dir vor, ich lieg da auffe Couch Heiligabendvormittag und mein Blick auch, also auf den Baumschmuck, den Ida an Aufbummeln is, und ich sag noch so, also echt freundlich und kooperativ, daß sie früher viel kreativer mit das Christbaumschmücken, was ich ja nich einfach so daherlaber, nich, denn ich hab mir ja extra die Zeit genommen, da vonne Couch aus mit meine ungeteilte Aufmerksamkeit ihr Werk zu begutachten, wo ich doch inzwischen so'n Hunger, und glaub man ja nich, daß Ida unterdessen, also während sie da mit den Tannenbaum an Rumdriedeln war, daß sie da inne Küche schon mal kleinen Imbiß – ich mein, ich bin ja bescheiden, du kennst mich ja, magst das glauben oder nich: Hat diese Frau doch die besten zwei Tannenbaumkugeln, eine mit links, eine mit rechts, so in 'n Stereoverfahren – wußt ich gar nich, daß sie das kann – hat sie mir die original handbemalten Jonnies doch an 'n Baffi … richtig mit Schwung!

Wo ich doch damals bei Karstadt für 'n halben Preis, weilas anne Kasse so voll und die Kundin vor mir mit ihrn Schirm die zehn Kästen Tannenbaumspitzen aussas Regal – eine Hektik, sag ich dir; na, war also Irrtum zu meinen Gunsten, und ich denn auch gleich über Los inne Mönckebergerstraße und … also, hassu schon mal Tannenbaumkugeln in Millimeterportionen untern Hemd gehabt? Ich sage dir: Da sind Zwiebackkrümel das reine Vergnügen! Und noch neulich hab ich mir aussen rechten Ohr 'n Splitter, wo ich mich die ganze

Zeit gewundert hab über das Klirren in meinen Gehörgang und erst dachte, das kommt noch von den Punsch Sylvester, wo Ida mir ja mit den brennenden Zuckerhut meinen Bart auffe linke Seite – aber das kann ich ja noch mah später erzählen ...

Droomappeln

Mennigmol kümmt 'n jo op de maladigsten Infäll, so heel blangenbi, ohn datt du weetst, wat dor bi rutkümmt.
So güng mi dat vör gor nich lange Tiet, vör Wiehnachten. Poor Daag för Hilligobend hest du jo womögelk dat Lengen nah Innerlichkeit – sünnerlich wenn du den ganzen Dag rümscheest büst nah afartige Präsente, de dat in keen normalen Laden gifft, de aber düütlich un mit Pauer op den Wunschzettel kliert sünd – an so 'n Abend weer dat, datt ick mi op 'n Book besinnen dee, in dat de Familie vör Wiehnachten so recht kommodig, also mit Kaminfüer, Punsch un – jo, dat weer dat: Mit Bratappeln! Mit Bratappeln hebbt de sick dor verlustifeert, un dat weer echt stimmungsvull ... tominnst weer mi so ... weer al lang her, datt ick dütt Book – ick heff dat also rutkramt, de Stell funnen un furts weer mi klor: Sünnobend obend gifft dat Bratappeln! Kott vör'n veerten Advent, Wiehnachtsstimmung, womöglich 'n Märken vertelln ... kunn dat wat Schöners geven?
Sünnobendmorgen ick op 'n Markt. Bratappeln bitte!
Wat för Appeln –? Bratappeln? Woso Brat ...
He verstunn mi nich.
Wüllt Se de Appeln braten? So as Fleesch? Mit Soße?
Ach wat – nicks Fleesch ... Bratappeln!
Man sien Kollegen wüss Bescheed. Klor, Bratappeln – grote Appeln, nicht to fast, nich to suur – düsse hier!
Goot, heff ick also grote Appeln köfft.
Sünnobend obend: Wiehnachtlichen Ruuch vun den Adventskranz, CD mit Kling, Glöckchen ..., Ida in de Kööк mit: Hassu ein anne Luke? Wie soll ich 'n wissen, wie deine bescheuerten Bratäpfel ...

Ick in de Köök, kotte Instrukschoon: Wiel datt wi keen Kamin hebbt un ok keene »Ofenröhre« (so stunn dat in dat Kochbook), Appeln bitte in 'n Backoven, nich to heet, op dat Backblech, tweete Schiene, so üm un bi halve Stunn!
Nah 'n halve Stunn segen de Appeln tämlich gediegen ut, un ick heff jem op 'n Teller packt un mit Zimt un Zucker serveert.
Mien Appel weer op de een Siet matschig, op de anner Siet fast as 'n Steen. Mit 'n Lepel weer nicks to maken, ick heff dor driest rinbeten. Dat Ding mutt akraat hunnertföfftig Grad hatt hebben, un ick heff eerstmol mit Whisky löscht. As Peter Alexander jüst vun eene »Muh, eine Mäh, eine Tähtärettetäh« jodel, hett Ida 'n Glas Appelmus ut 'n Keller halt un mi frogt, wo dor de Ünnerscheed is.
Dor is mi nicks mehr op infullen, un enerwegens heff ick dat Geföhl, dat Wiehnachten hüüt ok nich mehr dat is, wat dat mol weer.
Denn dor kannst seggen, wat du wullt: In dat Book weer mit düsse Bratappeln so 'n kommodige Wiehnachtsstimmung vermakt – dat kann doch nich allens Tühnkraam sien?
Segg mol – kannst du mi nich verkloren, wo düsse eenmoligen Wiehnachtsdroomappeln makt ward?
Man loos – denn wünsch ick di ok besünners frohe Wiehnachten!

Early morning – Wiehnachtsmann

Hüüt morgen heff ick den Wiehnachtsmann drapen. Klor, beten fröh keem mi dat jo vör, man wenn de Kommerz uns al 'n Veddeljohr vörher de frohe Botschaft verkünnigt, denn mutt de Wiehnachtsmann woll ok bitieden in de Fööt kamen.
He laber jüst in sien Handy un harr wiss keen gode Verbinnung. Oder sien Akku weer leddig. Op jeden Fall weer he in Trabbl un richtig dankbor, as ick em mien Telefonkoort för 'ne Telefonzell geev. Leider weer op mien Koort aber blots noch een Snacktakt, so datt he man knapp noch »Hallelu ...« seggen kunn, un denn weer Sense.
»Wat sünd dat för Tieden!« schimp he. »Egolweg piept dat blots, wenn ick in 'n Heven anroop! De leeve Gott hett mi woll ut Versehen sien Faxnummer geven! Un denn tüdelt ok noch mien Computer – wenn ick dor wat ünner »Weihnachtsfrieden« nahkieken will, mellt sich 'n Window mit »Passwort unbekannt«. De eenzigen, de mit düsse Pieps-Ottos klarkaamt, sünd de Kids, wo de Büxenschieters hüüt heet; ick heff al Wunschzeddel kregen, dor denkst du, dat sünd Arbeitsproven vun'n Grafik-Designer. Un wat de denn för Wünsche hebbt ... Lest Johr wull 'n lütten Buttje 'n niege Muus hebben, un as ick em Hilligobend 'n söte Krabbelmuus mit Käfig – mit Käfig! – broch, dor drauh mi sien Mudder mit 'n Kammerjäger un he hett mi sien 'n ollen Computer-Klicker an 'n Baffi knallt! Nee, laat man ... Annerlest hett mi düsse Arabella to 'ne Talkshow inlaadt – Thema: Haben Sie schon mal mit einem Weihnachtsmann ...? Wo ick doch al 'n poorhunnert Johr old bün! Nee, mi langt dat nu!«
Un dormit smeet he sien Handy in de Alster un sien Laptop

op ’n Müll. Sienen Dress hett he to’n Kostümverleih brocht un mi ’n Tass Tee an’t Bett und seeg miteens akraat so ut as Ida, de mi jüst opweckt harr.
»Kucks mich ja an, als wär ich der Weihnachtsmann!« see se un wüss gor nich, wo recht se dormit harr –.

Kreative Wiehnachten

... I'm dreaming of a white Christmas ... is dat nich wunnerbor, wat?
Also ick heff jo 'n Faible för düsse eenfache, innige Wiehnachsseligkeit –.
In de lesten Johren weer dat jo meist nich mehr to'n Utholln mit de Kommerzialiseerung vun dat schöne Wiehnachtsfest!
Ick meen – bi uns tohuus, also wi hebbt dat jo so un so nich mitmakt, wi weern alltiets stark op de innern Werte ut ... Musik to'n Bispill, dor weern wi al mit togang, as dat noch nich so modern weer, un hebbt elkeen Wiehnachten een op Dschingelbells makt, jojo –. Mien Jüngsten mit de Vigelien, de Öllere mit de Blockfleit un ick op de Quetschkommod. Klor, dat duur sien Tiet, un in'n Oktober sünd wi al anfungen mit dat Ööven ... un eernsthaftig hebbt wi dat bedreeven, ohaoha! Gor nich üm kümmert üm de Navers öber uns, de jo vull Freid jümmers vun'n Disch jumpt sünd – wenn ok nich so nipp in'n sülvigen Takt as wi mit uns Dschingelbells ...
Un wat weern wi an't Bosseln und Warken! Johr för Johr wat anners – harr mennigmol al lichten Epidemiecharakter –.
Den een Wiehnachten de Leesteken, to'n Bispill, de hebbt wi glieks in Serie makt, un denn Lüüd to Wiehnachten schickt, de al dachen, se kunnen uns nu ennelk vergeten ...
Oder de tweeunveertig Emalljeamuletten, wo de letzten teihn Stück denn blots noch eenfach gries weern – dat weer de eenzig Farv, de wi noch harrn, un dat schull jo nu ok nich wedder op Geldverswennung rutlopen! Dat weer ok jüst dat Mol, wo wi eerst in'n November anfungen sünd, un hebbt denn ok prompt vergeten, de Ränner vun de Metalldolers aftosmirgeln ...

Tant Anna kann noch vun Glück seggen, datt se dat Ding över ehr Bluus bummeln harr – Blusen kannst jo niege köpen. Man ünner de annern Lädies ut uns Familien- un Bekanntenkring weern welk, de harrn Oostern noch 'n Plaster op de Bost ...

'n groten Erfolg weern ok de posseerlichen Smuckkasetten ut Holt mit de echte Buernmoleree dor op – werr 'n heel besünnern Stil, den wi funnen harrn, so richtig malade Blomen in gräsig giftige Klören; bannig goden Schutz ok tegen Inbrekers – de hebbt düsse Schachtels wiss nich anfaat. Keem al so wiet, datt Öllern ehre Kinner dor Angst mit injogen kunnen un seen denn: Wenn du jezz nich auffe Stelle ahtich bis, denn kommp Onkel Hermann un schenkt dich ne Schmuckkasette! Wi hebbt blots noch artige Kinner in uns Verwandschaft nu.

Nu bün ick dor jo mol bi un kann denn gau ok noch 'n poor Tips geven för originol Överraschungsgeschenke: Ick weet nich, 'keen op den Trichter kamen is, man uns Puzzles weern 'n Hit, dor snackt de Lüüd hüüt noch vun; wi hebbt för uns Frünnen Puzzlespeelen köfft, se vörsichtig opfingereert un denn ut den eenen Kasten twee, dree Delen rutnahmen un se in den neegsten packt un so wieder –. 'n spoßige Variante weer ok, 'n poor Puzzledelen nieg torechttosnieden un se denn wedder trüchtopacken.

Oder uns Eierwarmer – ümmer twee dorvun tegenannerneihen, so dat se baben un ünnen dicht sünd ...

Un as heel persönliches Geschenk CDs mit uns Monogramm oder Wiehnachtsgröten ingraveert – brukst aber 'n barg Gedüür to, anners süht dat nah nicks ut.

Tjä ... nu dee mi blots noch verlangen, datt ick 'n beten to de rechte Wiehnachtsstimmung bidrogen heff, un ick wünsch Se ... un Se ... un See ... un vör allen ok Di kommodige un högstens lütt beten opregende Wiehnachten!

Herausgegeben von

Uwe Friedrichsen

Geschichten sünd mien Frünnen

Der bekannte Schauspieler
Uwe Friedrichsen ist mit der
plattdeutschen Sprache aufgewachsen.
Für dieses Buch hat er Geschichten
und Gedichte vieler namhafter Autoren
zusammengestellt – plattdeutsche
Texte, die ihn sein Leben lang
begleitet haben und die
über die vielen Jahre seine
»Freunde« geworden sind!

Erschienen im
Quickborn-Verlag